古典文学大字本

辛弃疾词选

刘扬忠

评注

人民文学出版社

图书在版编目（CIP）数据

辛弃疾词选/刘扬忠评注.—北京：人民文学出版社，
2021（2024.12重印）
（古典文学大字本）
ISBN 978-7-02-017027-2

Ⅰ.①辛… Ⅱ.①刘… Ⅲ.①宋词—选集 Ⅳ.①I222.844

中国版本图书馆 CIP 数据核字（2021）第 040015 号

责任编辑　张梦笔　李　俊
装帧设计　刘　远
责任印制　张　娜

出版发行　人民文学出版社
社　　址　北京市朝内大街 166 号
邮政编码　100705

印　　刷　三河市宏盛印务有限公司
经　　销　全国新华书店等

字　　数　176 千字
开　　本　710 毫米×1000 毫米　1/16
印　　张　20　插页 2
印　　数　9001—12000
版　　次　2005 年 3 月北京第 1 版
印　　次　2024 年 12 月第 4 次印刷

书　　号　978-7-02-017027-2
定　　价　42.00 元

如有印装质量问题,请与本社图书销售中心调换。电话:010-65233595

目　录

五、两浙京口铅山之词（1203—1207）

前　言

　　这个选本所要介绍的辛弃疾，不是我们通常所说的那种"词人"，而是一个有着多重身份的文化精英人物，是政治家、军事家而兼文学家。因此，不充分了解这个人的非凡经历、特殊性格和鲜明的主体意识，就不足以知其人，也不足以谈其词。

一

　　辛弃疾，原字坦夫，后改字幼安，中年后别号稼轩居士。宋高宗绍兴十年（1140）五月十一日，这位资兼文武的英雄出生于山东济南郊区的四风闸。他生而具有伟丈夫之相：肤硕体胖，红颊青眼，目光有棱，背胛有负，有"青兕"之称；迄至晚年，精神犹壮健如虎。他出生的时候，山东地区沦陷于金人之手已十三年。呻吟于女真铁蹄下的父老乡亲们，热切地盼望着有一批精英人物站出来，领导大家起而反抗，光复中原大好河山。正是在这样一种特殊的时代氛围中，辛弃疾迅速地成长为一个出类拔萃的青年英雄。他的祖父辛赞是一个有爱国心的士大夫，金兵占领济南时，他由于家中人口众多，无法脱身南下，后来只好出仕金朝，但这不是他的本心。辛弃疾因父亲早亡，幼年即随祖父在其任职之地读书。辛赞"身在曹营心在汉"，每逢公务之暇，常常带着自己的孙儿"登高望远，指画山河"，说明何处曾经是战场，何处可作将来起义的凭借等；并曾两次令弃疾"随计吏抵燕山，谛观形势"，希望他能争取机会"投衅而起，以纾君父所不共戴天之愤"（《美芹十论》）。辛赞的教育引导在少年辛弃疾心中播下了爱国思想的种子，而游历燕山所见到的沦陷区人民的痛苦生活，则加深了他对女真统治者的憎恨。

绍兴三十一年（1161），金主完颜亮举兵南犯。由于南宋军民的奋起抵抗和金廷的内乱，侵略者招致失败，完颜亮也被部下杀死。这期间，北方汉族人民纷纷聚众起义，抗金的烈火在中原大地四处燃烧。济南农民耿京拉起了二十多万人的队伍，纵横山东境内，给金人以沉重的打击。二十二岁的辛弃疾毅然举起抗金的义旗，在济南南部山区聚众两千多人，参加了打击敌人的斗争。不久，辛弃疾率众投奔耿京，被委任为耿京军中的掌书记。任职不久，他就以奋力追杀叛徒义端和尚的果敢举动，赢得了耿京和义军将领们的器重与信赖。鉴于当时金朝新的统治者已经稳定了北方的局势并开始调集大军对义军实行各个击破的情况，辛弃疾力劝耿京"决策南向"，亦即归附南宋朝廷，以便在它的节制下，与南宋官军相配合，共同抗击金兵。耿京采纳了辛弃疾的建议，于绍兴三十二年（1162）正月派遣义军将领贾瑞和弃疾一起奉表归宋。贾、辛等一行到达建康（今南京），受到正在那里劳师的宋高宗的接见。宋高宗正式任命耿京为天平军节度使，对贾、辛诸人也分别授予官衔，让他们仍回山东，去向义军传达宋廷的意旨。辛弃疾于北归途中惊悉耿京被叛徒张安国所杀的消息，迅即邀集忠义军人五十骑，直趋济州（今山东巨野），闯入五万众的金营，将张安国缚置马上，并劝告营内耿京旧部起义。当场便有上万士兵起而反正。辛弃疾率领着这支万人的队伍，押解着张安国，不分昼夜地疾驰南下，终于渡过淮水和长江，把张安国押送到建康斩首。辛弃疾这一传奇式的行为，轰动了南宋朝野，连皇帝也为之"三叹息"。之后他被委任为江阴军签判，开始了在南宋的仕宦生涯。

为辛弃疾始料所不及的是，他满腔热情地归宋，倾其全力奋斗了大半辈子，却未能实现其北伐中原、统一祖国的远大政治理想。

辛弃疾是一位堪为国之栋梁的杰出政治家和军事

家，但不幸的是归宋之后一直没有找到大展宏图的机会和环境。他南归的第二年，宋廷在张浚的主持下出兵北伐，初期获得小胜，继则因军队内部不和在符离（今安徽宿州）被金兵击溃，转而向金求和，与敌人签订了屈辱投降的"隆兴和议"。从此主和派重新当权，在长达四十多年的时间里，宋廷畏敌如虎，对金一直采取守势，秉国者无人再敢言战。辛弃疾大半辈子的光阴刚好与这四十多年的抗金低潮期相终始，在那样一种低迷、压抑的政治环境中，他的抗战主张和恢复言论始终没有被采纳，他在政治上、军事上自然不能有所作为了。不但如此，辛弃疾作为一位从沦陷区南下的"归正人"，还不断受到南宋官场中人的猜疑、歧视、排挤乃至诬陷迫害。当权者明知他才识超群，果敢能干，就是不肯重用他。在因平息内乱或安抚地方而不得不利用他的时候，又对他严加防范，频频调动他的职差，以免他在某一地方待长了会树立起威信和培植私人势力。于是他只好发着"不念英雄江左老，用之可以尊中国"（《满江红》"倦客新丰"）的牢骚，很不情愿地在宦海的底层奋力泅渡。在南归后的头一个十年中，他就只能担任着江阴军签判、广德军通判、建康府添差通判、司农主簿等这样一些无关轻重的"佐贰之职"。

但辛弃疾最可贵之处就在于他"位卑未敢忘忧国"。在他沉沦下僚期间，他就敢于"越职言事"，对

"君王天下事"贡献自己的意见。此中最值得注意的是他于乾道元年（1165）上给宋孝宗的《美芹十论》和乾道六年（1170）上给宰相虞允文的《九议》。这两篇"笔势浩荡，智略辐凑"（刘克庄语）的政论全面深刻地分析了当时的敌我形势和进取方略，并提出了自治强国的一系列具体计划和措施，显示了辛弃疾经邦济世的非凡才能。可惜的是，当时正值宋军北伐失败、"隆兴和议"签订不久，辛弃疾这些策论未能受到统治集团的重视。但它们在文人士大夫群中广为传播，获得了许多爱国知识分子的共鸣和赞誉，并使人们更多地了解到作者的经纶之才。

乾道八年（1172），辛弃疾出知滁州（今属安徽），开始了他南归后的第二个十年的仕宦生涯。从此他官位有所提高，连续担任了好几个州、府、路的行政长官。他是热心事功的政治家型的人物，既然不能上抗金前线为国献身，他就只好在地方官的岗位上尽职尽责。在这一时期中，他做了不少有益于地方、有益于人民的工作。他大刀阔斧地整顿吏治，摧抑豪强，举办荒政，训练新军（湖南飞虎军），取得了惊动朝野的政绩。在江西、湖南任内，他受朝廷派遣，镇压过茶商、农民的暴动。但他做这件事时，虽然态度坚决，手段狠辣，心情却是十分矛盾的。因为他深深地了解老百姓被迫上山为"盗"的缘由。他在上给皇帝的《淳熙己亥论盗贼札子》中就直率地指出："田野之民，郡以聚敛害之，县以科率害之，吏以乞取害之，豪民以兼并害之，而又盗贼以剽杀攘夺害之，臣以谓不去为盗，将安之乎？"因此他恳请皇帝"深思致盗之由，讲求弭盗之术，无恃其有平盗之兵"。由此可以看出，辛弃疾担任方面大吏时所进行的雷厉风行的诸项改革整顿，都是在对当时社会弊端深刻了解之后所采取的有针对性的政治举措。然而他的一些举措大大地妨碍了地方和朝廷的特权阶层的利益，引起了不少官僚的不满乃至嫉恨，他们纷纷通过谏官向朝廷告辛弃疾的状，企图把他搞掉。早在1179年他就感觉到："生平刚拙自信，年来不为众人所容，顾恐言未脱口而祸不旋踵。"果然，淳熙八年（1181）冬，他终于被人罗织罪名弹劾罢官，只好到江西上饶城郊的带湖隐居起来。

辛弃疾在带湖长达十年的隐居生活，表面上淡泊平静，风流潇洒，实际上在他心田里却时常烈火炎炎，块垒难平。他青年时跃马横戈，斩将搴旗，壮年时理繁治剧，政绩卓著，正思大有作为，"了却君王天下事"，却不料君王听信谗言，给与他投闲置散的处分，迫使他成为僵卧孤村的隐士，你叫他如何不愤恨叹息！在失意叹恨之馀，总要寻求一点精神安慰和心灵寄托，于是辛弃疾将注意力转向了山水田园，转向了文学创作。他自嘲说，自己是停息了"弓刀事业"，转而追求"诗酒功名"（《破阵子》"宿麦畦中雉雊"）。他虽然在南归后的第一个十年中就创作了不少脍炙人口的词，但只有在带湖十年中，他专用歌词作为心灵世界的"陶写之具"，才真正从一个政治家、军事家变成了一个文学家。他的词作不但热情讴歌了带湖别墅的庭院楼台、猿鸟花木、波光水色，而且广泛描写了上饶地区的奇山秀水、田野庄稼、农夫野叟、村姑顽童及各种风俗民情。但这并不意味着这位稼轩居士从此只会流连光景、赏玩风物，甘当消闲词客而忘却尘世。他的脑子里依然经常思考着有关时事政局和国计民生的诸多问题，尤其是不能忘怀抗金北伐的大业，并把这种政治情怀通过词的创作表达出来。这类作品中最感人肺腑而又在当时和后世传播最广的，莫过于一些既感叹功业无成，又执著地坚持自己的政治理想的抒怀之作。带湖十年，是辛弃疾政治上第一次受挫而被迫无所作为的一个痛苦而寂寞的时期，但同时又是他文学创作上获得大丰收，由此奠定他在南宋词坛第一人地位的关键时期。

宋光宗绍熙三年（1192）春，已在带湖闲居十年之久的辛弃疾，忽又被起用为福建提点刑狱。到福州上任半年之后，因原任安抚使去世，他便受命兼摄安抚使职，直至该年底。腊月间，他受召入朝，次年春到临安，受到光宗召见。在奏对时，他就长江上游的军事防御布置问题提出了自己的几点精辟意见，但未受到皇帝和宰辅的重视。奏对之后，他被留在朝中做太府少卿。为期才半年，朝廷又派他重回福州任知州兼福建路安抚使。返闽后他立即开始了大刀阔斧地改革弊政的工作，并推行"经界"之法；还开始了扩军练军，准备把福建地方军队建设成一支像他十多年前在湖南时创建的飞虎军那样的雄师劲旅。他这一系列举措又招来了既得利益者们的反对和嫉恨，重回福州不到一年，以所谓"残酷贪饕"的罪名罢免其所有官职的诏令就下达到福州，五十四岁的老英雄悲愤地吟唱着"元龙老矣，不妨高卧，冰壶凉簟"（《水龙吟》"举头西北浮云"）的词句，回到赣东北农村，开始了为时八年之久的第二次退闲生涯。

这次辛弃疾回家不久，其带湖住宅不幸失火，主要房屋全被烧毁。于是他举家迁徙到铅山县瓢泉，从此一直居住在那里，直至去世。他在瓢泉的隐士生涯，与前此在带湖差不多一样，是在和一些乡绅文人游山玩水赏花、饮酒赋诗填词中消磨掉的。因而这一时期他创作的词很多，其时间虽短于带湖期，作品数量却与后者大致一样多。所不同的是，瓢泉时期他在政治上更加失望悲观，借酒浇愁更为频繁，作品的感情基调也更加沉郁悲慨。他本就好饮酒，在瓢泉时更因心中块垒难消而常常"一饮动连宵，一醉长三日"，因而"饮酒成病"（见其《卜算子》咏酒诸阕）。他并非意志薄弱者，却如此不

8

能自持地酌酒，可见其内心对现实社会怨愤之深。但他的抗金复国的愿望，老而弥笃，经常深情地回忆自己青年时抗金的不凡经历，并一有机会便要借助歌词把这种心理情结宣泄一番。比如一次有客人对他"慨然谈功名"，触动了他的心事，遂挥笔写下了名作《鹧鸪天》：

> 壮岁旌旗拥万夫，锦襜突骑渡江初。燕兵夜娖银胡䩮，汉箭朝飞金仆姑。　　追往事，叹今吾，春风不染白髭须。却将万字平戎策，换得东家种树书！

宋宁宗嘉泰三年（1203），六十四岁高龄的辛弃疾被起用为绍兴知府兼浙东安抚使。他被起用的背景是，这时宰相韩侂胄正筹划北伐，要启用一些主张抗金的元老重臣以造声势。辛弃疾接到诏令后，"不以久闲为念，不以家事为怀，单车就道，风采凛然"（黄榦《与辛稼轩侍郎书》），火速赶赴绍兴就任，表现了宽广的爱国者的胸怀。次年正月，他应召入临安，向宁宗奏事。他向宁宗"言金国必乱必亡，愿属元老大臣预为应变之计"。然而宁宗与韩侂胄召见辛弃疾，并不是真正信任和倚重他，而只是采其人望为北伐装点门面。奏对之后，朝廷并不把辛弃疾留下来主持用兵大计，而是将他派往镇江担任知府。他到达镇江之后，虽然积极利用这个对敌用兵的要冲之地做了一些建军练兵和储备物资的工作，但内心深处对于自己未能被安排到指挥军队的重要岗位上是愤愤不平的；对于韩侂胄等人不作充分准备就急于要用兵感到十分忧虑，他甚至已预见到，如果韩侂胄"无谋浪战"，将招致和南朝刘宋元嘉年间草草北伐同样惨败的结局。他的这些思想情绪，都集中地反映在他登镇江北固亭而作的那首千古名篇《永遇乐》中。

辛弃疾在镇江任上才一年多，又因言官诬告其"好色，贪财，淫刑，聚敛"而被撤职。他由此更加明白了，韩侂胄之流是不可与共成大计的。开禧元年（1205）初秋，他孤独凄凉地返回铅山。归途中他写了好几首抒愤之词，其中一首《瑞鹧鸪》这样谴责韩侂胄等人："郑贾正应求死鼠，叶公岂是好真龙？"

开禧二年（1206）五月，宋廷正式下诏伐金。不出辛弃疾所料，宋军和金兵接触之后，很快就全线溃败。消息传来，韩侂胄受到了朝野的责难。这时竟有人因辛弃疾曾接近过韩侂胄而攻击他，辛弃疾叹息道："侂胄岂能用稼轩以立功名者乎？稼轩岂肯依侂胄以求富贵者乎？"山穷水尽的宋廷这时只好再一次向金求和。开禧三年（1207）秋，金人以索取韩侂胄的首级为议和条件。韩侂胄十分恼怒，竟想再次对金朝用兵，并要起用辛弃疾来为他分谤分咎和支撑危局，奏请皇帝任命辛为枢密院都承旨，令其立即到临安供职奏事。这道诏令到达铅山之时，辛弃疾已一病不起，他赶紧上章请辞。到了旧历九月十日，这位杰出的民族英雄终于含恨离开了人世。

二

辛弃疾的一生，政治上是不幸失败了，但文学上却大大地成功了。在他的潜意识里，他的文学创作是他未能成功的政治、军事功业的延伸或替补。他曾自称："须作猬毛磔，笔作剑锋长。"（《水调歌头》"高马勿捶面"）前一句说自己是一个威猛勇武的男子汉，后一句则是将手中词笔比作腰间长剑，亦即用文学创作来替代其未竟之武功。事实也正是这样：他的政治失意的牢骚和尚武任侠的军人情结，成了他大半生歌词创作的原动力和重要题材内容，也因此而形成了与一般文人词相区别的英雄豪杰之词的特色。清代词论家黄梨庄对这一点论述得很到位："辛稼轩当弱宋末造，负管（仲）、乐（毅）之才，不能尽展其用……观其与陈同父（亮）抵掌谈论，是何等人物！故其悲歌慷慨、抑郁无聊之气，一寄之于词。"（《词苑丛谈》卷四）夏承焘《瞿髯论词绝句》亦称辛弃疾为"青兕词坛一老兵"。一部稼轩词集之所以为当时和后世特加看重，主要原因就在于它是辛弃疾这位老兵——一位为祖国、为民族奋斗了一生的老将军、老战士的心灵史的真实而生动的记录。而这部心灵史的主线，就是黄梨庄所谓"一腔忠愤"和"悲歌慷慨、抑郁无聊之气"。如此看来，稼轩词不同于宋代大多数文人词，而确实是一个处在特定历史时期的优秀政治家（尽管是未曾成功的政治家）和民族英雄的词，是一位忠勇爱国的热血男儿的可贵思想与独特性格的艺术结晶。他的一首首倾诉英雄情怀和志士心音的长短句歌词，之所以能扣动历朝历代千千万万接受者的心弦，主要原因在于辛弃疾在这些优秀作品中充分地表达了其不同于宋代其他爱国者的独特的主体意识。

我这里所谓辛弃疾的主体意识，主要指他的关于政治社会及人生理想方面的思想意识。它包括五个主要的方面：一、深沉浩茫的民族忧患意识；二、"舍我其谁"的政治家使命意识；三、尚武任侠的军人意识；四、嫉恶如仇的社会批判意识；五、大胆敏锐的反传统意识。简单地说明一下这五个方面的意识产生的缘由及其相互关系，就是：苦难深重的时代环境、思宋反金的家庭教育、英雄失意的生活经历和沉挚多思的个人品性，使他产生了远比当时一般南方士大夫深广的民族忧患意识。这种系念国家民族前途的忧患意识时时提醒这位大德大才者永远保持着肩荷救国救民重任的使命意识。他生性尚武善斗，体魄健如青兕，少年从戎抗金，归宋后，为了实现统一祖国的使命，一再呼吁整军习武，北伐中原，当他壮志难酬时，少年鞍马弓刀生涯长

12

期保留在记忆中，以军事手段实现中兴大业的想法也会念念不忘，以故他的词中渗透了军人意识。在黑暗、病态的南宋社会中，他忧国忧民有罪，任何时候只要他为实现使命而努力奋斗，就立即遭到腐朽顽固势力和投降派的抵制、破坏和迫害，于是他愤而使用词章批判投降派和黑暗社会，他的那些愤世之作，不是一般发牢骚，而是充满了强烈的社会批判意识。对现存秩序的强烈不满，促使他追根溯源，用怀疑的目光去审度古今，从而滋生了一定的反传统意识。

辛弃疾之所以能成为南宋最优秀的词人和众望所归的词坛领袖，除了上述主体意识的巨大思想感召力、吸引力之外，还因为他对词的艺术世界进行了多方探索和大胆的开拓创新。像在战场上叱喝"万夫"纵横驰骋一样，他在作词时，以绝大的艺术魄力，操纵自如地使用词的各种形式。他驾驭词调时，大小长短，无施不可；腾挪变化，得心应手。尤其是在难度较大的长调慢词的运用上，他更是穷极变化，炉火纯青。在最工长调的宋词四大家周、柳、苏、辛中，他的长调词数量最多，质量也多属上乘，他的那些被誉为"慷慨纵横，有不可一世之慨"的代表作，就有一半以上是长调。这便印证了他的门人范开"器大者声必闳"及"如春云拂空，卷舒起灭，随所变态，无非可观"（《稼轩词序》）的赞誉。辛弃疾是南宋最有创造精神的词人，他不但很好地继承了自苏轼以来"言志"一派的清雄高朗的词风，而且自己创立了刚柔交融和摧刚为柔两种新词风。刚柔交融的可以《菩萨蛮》（郁孤台下清江水）等作为代表，摧刚为柔的则可以《摸鱼儿》（更能消几番风雨）等篇为典范。这两种词风绝不属于传统的"豪放"、"婉约"两大风格类型中的任一种，它们的艺术感染力更非那些柔而无骨的纤美之作和刚而乏韵的粗豪之篇所能相比。辛弃疾在词风上的这种革新和创造，为词的艺术宝库增添了新的品类。

此外，辛弃疾还调动了多种艺术手段进行词的创作，极大地丰富了词的表现手法和语言艺术。南宋以前，苏轼以诗为词，提高了词的表现功能；柳永、周邦彦等人汲取六朝小赋的章法句法，以适应长调慢词写景述事时铺陈排比之需。靖康之难后，时势巨变引起词风巨变，词由"缘情而绮靡"演变到较多地用来述怀言志，这就需要向散文艺术借鉴汲取新东西。于是辛弃疾把"对外引进"的目光扩展到经史子集各个方面，使散文艺术与长短句歌词之间打通了道路。他的这种大量引进辞赋古文手段的做法，词史上称之为"以文为词"，其具体内容有三：一是以辞赋古文的议论及对话手法入词；二是以辞赋古文的章法来组织词篇；三是化辞赋古文的语言为词的语言。辛弃疾的"以文为词"，不但形成了辛词汪洋恣肆、波诡云谲的大格局大气派，而且作为一种成功的示范，为南宋词解决了创作中的旧形式与新内容不相适应的尖锐矛盾。"以文为词"被作为词的语言艺术的第三次革新（前两次是以诗为词和以赋为词）而书写在词史上。就这样，辛弃疾以其辉煌的创作成就在宋代文学史上树立了一座高峰，并以他为主帅建立起南宋词史上声势最浩大、流风最久远的一个词派——稼轩派。近人郑骞《读词绝句》兼论辛弃疾的政治道路与文学建树道：

> 壮岁雄心思复赵，暮年遗恨失吞胡。
> 若将词笔论青兕，端合旌旗拥万夫。

辛弃疾不论作为政治精英还是词坛领袖，在宋代历史上都是第一流的！

三

辛弃疾的词现存六百二十多首，可以肯定都是归宋之后所作。按照作者的生活经历和词风演变的情况，稼轩词的创作大致可以划分为五个阶段：一、江淮两湖时期（1163—1181）；二、带湖时期（1182—1192）；三、闽中时期（1192—1194）；四、瓢泉时期（1194—1202）；五、两浙京口铅山时期（1203—1207）。本书选录稼轩词九十六首，包括了这五个阶段的优秀之作，作品的系年和排列顺序悉按邓广铭《稼轩词编年笺注

（增订本）》，不再一一说明。作品的注释和解读以编撰者自己多年研究所得为主，同时也参考和汲取了前人与时贤的一些研究成果，限于普及读本的体例，未能一一注明，特此说明。书中疏误之处在所难免，恳请方家不吝指正。

刘扬忠

2003 年 9 月 1 日于中国社会科学院文学所

一、江淮两湖之词（1163—1181）

汉宫春

立春日

春已归来，看美人头上，袅袅春幡[1]。无端风雨，未肯收尽馀寒。年时燕子，料今宵、梦到西园[2]。浑未办、黄柑荐酒[3]，更传青韭堆盘[4]？

却笑东风从此，便薰梅染柳[5]，更没些闲。闲时又来镜里，转变朱颜。清愁不断，问何人、会解连环[6]？生怕见、花开花落，朝来塞雁先还[7]。

【注释】

1　袅袅：随风飘舞的样子。春幡：古代每逢立春之日，士大夫之家剪裁小幡，或悬于家人头上，或缀于花枝之下，以示喜庆。见《岁时风土记》。

2　西园：汉代京城长安西郊有上林苑，北宋时东都汴京西门外有琼林苑，均称西园。又，北宋西京洛阳有董氏西园，为士大夫游览胜地。故此处用西园代指北宋旧京和中原故土。

3　浑：全然。黄柑荐酒：指立春之日，人们拿出黄柑酿制的腊酒来互相祝贺。

4　青韭堆盘：立春日以葱、蒜、韭、蓼蒿、芥五种辛物做成菜肴，韭为五辛之一。苏轼《立春日小集戏李端叔》诗："辛盘得青韭，腊酒是黄柑。"辛词本此。

5　薰梅染柳：是说东风吹开了梅花，吹绿了柳树。

6　解连环：据《战国策·齐策》记载，秦昭王派使者赠给齐国执政的君王后一副玉连环，问："你们齐国人聪明，能解开这玉连环吗？"君王后将此环遍示群臣，没有一个人能想出办法。于是君王后用铁锤一下将玉连环击破，对秦国使者说："我已将玉连环解开了！"这里活用旧典，说明作者心中的忧愁之结如玉连环无法解开。

7　塞雁先还：去年从北方塞外飞来的大雁，如今要（在我之前）先飞回去了。

【解读】

这是辛弃疾南归宋朝以后的第一首词作。写此词时他寓居京口（今江苏镇江），年方二十四岁。头一年，他在山东擒拿叛徒，率众万馀人南下，然后寓居京口，结婚安家。转眼间腊去春回，人们忙着迎春贺喜，而他却因在异乡初营家室，诸事草率，连黄柑腊酒、青韭春盘也未及备办，触目伤怀，不免牵动国恨乡愁，于是写下这首寓意绵远的优美抒情词。词的上片，对景感怀，春恨绵绵，乡愁浩浩，借燕梦北方故土，暗喻自己系念违别一年的家乡济南和中原大地，梦寐不忘。下片寓意更趋明显。之所以"笑"东风"转变朱颜"，是担心青春将逝，而自己抗金救国的功业未能及时有成。之所以感叹连环难解，显然是指国仇家恨、思乡念远之情扭结蟠曲，无法消除。最可注意的是篇末二句：雁将北归，而作者"生怕见"，显然是痛感自己北伐打回老家去的愿望一时难以实现，反不如大雁能幸运地先回北方。此词写的是报效家国之怀和时序惊心之情，却不像他的某些同类作品那样大发牢骚，大发议论，而是借助形象花的描写来寄寓感情。作者满腹愁思恨缕，被春天的风物所触动，遂附丽于一连串的意象描写奔涌而出。清人周济评论说："辛词之怨，未有甚于此者。"（《宋四家词选》）主要就是指它抒情气氛之浓烈而言的。

满江红

暮 春

家住江南，又过了、清明寒食[1]。花径里，一番风雨，一番狼藉[2]。红粉暗随流水去[3]，园林渐觉清阴密。算年年、落尽刺桐花[4]，寒无力。　　庭院静，空相忆。无说处，闲愁极。怕流莺乳燕[5]，得知消息。尺素如今何处也[6]？彩云依旧无踪迹[7]。谩教人、休去上层楼[8]，平芜碧[9]。

【注释】

1　"清明"句：寒食节在清明节前二日，过了清明寒食，便是暮春天气。

2　狼藉：落花散乱的样子。

3　红粉：本指妇女化妆用的胭脂与白粉，这里指落花。暗随流水：语本秦观《望海潮·洛阳怀古》："无奈归心，暗随流水到天涯。"

4　刺桐：豆科落叶乔木，形似梧桐而有黑色圆锥形棘刺，早春开花，颜色黄红或紫红。

5　流莺：鸣声圆转的黄莺鸟。李白《对酒》诗："流莺啼碧树，明月窥金罍。"乳燕：这里泛指燕子。

6 尺素：书信。古乐府《饮马长城窟行》："客从远方来，遗我双鲤鱼。呼儿烹鲤鱼，中有尺素书。"

7 彩云：借指所思念的人。

8 谩：徒然，枉然。层楼：高楼。

9 平芜：杂草繁茂的原野。唐高适《田家春望》诗："出门何所见，春色满平芜。"

【解读】

据此词上片起句，知其作于作者南归后的第二个春天之末，其时辛弃疾正在江阴（今属江苏）签判任上。按字面理解，本篇像是一首描写少女伤春怀人之作，但细细品读，可以发现它似是通过艺术象征的手法，寄寓作者的政治感情。清人陈廷焯《白雨斋词话》说本篇："可作无题，亦不定是绮语。"这是猜测它不一定是写男女之情，而是另有寄托。邓广铭《稼轩词编年笺注（增订本）》于本篇编年说明中云："其下之'一番风雨，一番狼藉'，盖即指符离之惨败而言。"结合当时作者的心态和张浚北伐刚刚失败的时局来看，这些推断是有道理的。词的上片着力铺写暮春花残粉褪的狼藉景象，政治感情已暗含其中。首二句，交代自己由北入南，寄居江南，已过了两个春天的经历。"又"字下得极切，光阴蹉跎而壮志未酬的悲慨暗含其中。以下风狂雨猛、百卉凋零的暮春之景，既用以暗喻当时政治、军事局势，暗指抗战"春光"已逝，同时也为下片专门抒发自己的怨情先作一番铺垫。"算年年"二句，更是曲折地表达了作者美好愿望一次次落空的心情。下片则借助对深闺女子怀人的描绘来寄寓自己的孤愤。"庭院静"者，政局万马齐喑，没有事业发展的动静可言。"空相忆"者，在此环境中，空盼好消息而不可得。"无说处"二句，进而倾诉自己政治上缺少知音的苦恼。"怕流莺"二句，意思更为含蓄曲折：闺中人怕多嘴的莺燕得知心事，正应和辛弃疾这个"归正人"险恶的政治处境，是他在上孝宗皇帝书中所自陈的"臣孤危一身久矣……顾恐言未脱口而祸不旋踵"畏祸心态的形象化展现。南宋朝廷对这位北方壮士的忌刻之深和投降派小人的谗言之多，于此可见一斑。闺中女子所日夜盼望的"尺素"，自然是喻指有关抗金大业的好消息。而女子所哀伤的春去不归，显然关合作者心中所想的时机空失，理想未能实现。末二句，以景结情，以女子怕登高楼只见碧野不见情人，更深一层地表达了作者对国事的失望。由以上分析可见，此词主题是抒写爱国幽愤，但它与作者通常在抒发这类情感时习用的直抒胸臆和大发牢骚的做法有所不同，采取了曲喻的笔法，风格是含蓄柔婉的。

水调歌头

寿赵漕介庵[1]

千里渥洼种[2]，名动帝王家。金銮当日奏草[3]，落笔万龙蛇[4]。带得无边春下[5]，等待江山都老[6]，教看鬓方鸦[7]。莫管钱流地[8]，且拟醉黄花[9]。　　唤双成[10]，歌弄玉[11]，舞绿华[12]。一觞为饮千岁[13]，江海吸流霞[14]。闻道清都帝所[15]，要挽银河仙浪，西北洗胡沙[16]。回首日边去[17]，云里认飞车[18]。

【注释】

1　寿：祝寿。漕：指转运使，宋代负责财政、赋税及粮饷的官员。赵介庵：名彦端，字德庄（介庵是他的别号），宋皇族，当时任江南东路计度转运副使，驻节建康（今江苏南京市）。

2　渥洼（wò wā 握挖）种：据《汉书·武帝纪》载，汉武帝元鼎四年（前113）秋，骏马生于渥洼（今甘肃安西县）水中，号称"天马"，有人把这种马献给了武帝。杜甫《遣兴》诗："君看渥洼种，态与驽骀异。"这里借神马比喻赵彦端才智超群。

3　金銮：皇宫中的殿堂。奏草：草拟给皇帝的奏章。

4　"落笔"句：语本温庭筠《秘书省有贺监知章题诗……因有此作》诗："出笼鸾鹤归辽海，落笔龙蛇满坏墙。"这是赞美赵彦端书法潇洒如龙飞蛇舞。

5　"带得"句：把无边的春色带到人间来。因上文将赵比作天降神马，所以这句如此说。

6　江山都老：这是夸张地形容岁月流逝。

7　"教看"句：让将来的人看到你的双鬓仍像乌鸦的羽毛一般黑而有光泽。这是祝愿赵彦端永葆青春。

8　钱流地：唐代中期有个能干的理财官员叫刘晏，他管理赋税、盐铁等事时，曾使水陆运输通畅，物价稳定，国家财政收入大增。曾自称："如见钱流地上。"事见《新唐书·刘晏传》。这里以赵彦端比刘晏，赞扬他担任江东转运副使有实绩。

9　拟：打算。醉黄花：指重阳节饮酒赏菊。黄花，菊花。古代文士习俗，重阳节要饮酒赏菊赋诗。据史料记载，赵彦端的生日刚好在重阳节前一日，因此本篇用"醉黄花"的描写来应合节令。

10　双成：董双成，传说中的仙女，为西王母侍女，会吹箫和笙。《汉武内传》："王母命侍女董双成吹云和之笙。"这里借指酒宴上的乐妓。

11　弄玉：传说中会吹箫的仙女。《列仙传》："萧史者，秦穆公时人，善吹箫。穆公女弄玉好之，公妻焉。弄玉日就萧史学箫作凤鸣，感凤来止，一旦夫妻同随凤飞去。"这里也借指酒宴上的乐妓。

12 绿华：萼绿华，也是传说中的仙女。其事见《真诰·运象篇》。这也是借指酒宴上的妓女。

13 觞（shāng 商）：酒杯。为饮千岁：为健康长寿而饮。

14 流霞：传说中的仙酒。王充《论衡·道虚》："河东项曼斯好道学仙，委家亡去，三年而返。曰：'去时有数仙人，将我上天……口饥欲食，辄饮我流霞一杯。每饮一杯，数月不饥。'"这里借喻筵席上的美酒。

15 清都帝所：传说中天帝居住的地方。语本《列子·周穆王》："清都紫微，钧天广乐，帝之所居。"这里借喻南宋皇帝的住所。

16 "要挽"二句：这是化用杜甫《洗兵马》诗："安得壮士挽天河，净洗甲兵长不用。"和李白《永王东巡歌》："为君谈笑静胡沙。"说是南宋朝廷要举兵北伐，驱逐金人，恢复中原。西北，指中原。胡沙，指占据北方的金朝。

17 回首：转眼。形容时间之短。日边：太阳旁边，古诗文中常用以比喻朝廷。

18 "云里"句：以乘车飞举云端喻指赵彦端将要高升。飞车，神话传说中奇肱国制造的一种能随风远行的飞车。《帝王世纪》："奇肱氏能为飞车，从风远行。"

【解读】

这首词作于宋孝宗乾道四年（1168）九月，当时作者二十九岁，任建康府通判，而皇室成员赵彦端也正好在江南东路转运副使任上。适逢赵彦端生日，作者写了这首寿词赠之。宋代寿词，流于一般应酬、说恭维话者居多，而辛弃疾这一首却不落俗套，其意在于借此抒发自己的爱国热情，并勉励志同道合的友人为抗金事业作贡献。词的上片，热烈赞扬寿主的风采和才干。开头二句，以神马喻赵才智超群，是宗室里的佼佼者。三四两句是实写，用金銮殿草奏章的事例，赞赵的文才。以下三句写赵的风采，望他青春永驻，并大展怀抱，把"无边春色"带给人间——实际上是盼望他能大干一场，为国家留下不朽业绩。"莫管"二句用典，称颂赵任职建康时的政绩，比之为唐代刘晏。这二句有三用：一是赞对方理财之能，二是应合重阳节令和祝寿的场景，三是趁此将意思转入下片开头的劝酒征歌上去，用笔十分经济。

词的下片则从祝寿筵席上的欢乐气氛生发开去，表达了对"要挽银河仙浪，西北洗胡沙"的抗金事业的神往，对收复中原失地的必胜信念。过片的三个三字句，概括描写筵席上的歌舞盛况。"一觞"两句是劝酒的话，希望能与寿主作神仙般的豪饮。这里既是劝酒敬酒，同时也显示了作者自己豁达风流的英雄气度。"闻道"二句，趁势跳出祝寿的套子，转而表达作者自己期望朝廷早日决策北伐、收复中原的迫切心情。这里没有干巴巴地直说，而是运用奇特的想象和比喻，使得词情更加壮丽生动。这三句是全篇的重心和主旨所在，也是此词不落寿词俗套的关键之处。结拍二句，呼应"闻道清都帝所"三句，祝愿寿主在未来的北伐事业中受到皇帝的重用，在"挽仙浪洗胡沙"的战斗中大展其雄才。此词情调高昂，风格豪放，通篇用比体，驱遣大量的神话典故，使得字里行间飞彩流霞，浪漫气氛十分浓厚。是辛弃疾早期词的代表作之一。

满江红

建康史帅致道席上赋[1]

鹏翼垂空[2]，笑人世、苍然无物[3]。又还向、九重深处[4]，玉阶山立[5]。袖里珍奇光五色，他年要补天西北[6]。且归来、谈笑护长江，波澄碧[7]。　　佳丽地[8]，文章伯[9]。金缕唱[10]，红牙拍[11]。看尊前飞下[12]，日边消息[13]。料想宝香黄阁梦[14]，依然画舫青溪笛[15]。待如今、端的约钟山[16]，长相识。

【注释】

1　史帅致道：史正志，字致道，扬州（今属江苏）人，高宗绍兴二十一年（1151）进士。孝宗乾道三年（1167）至六年任建康留守、知府兼沿江水军制置使。在宋代，留守、经略使、制置使等类军职称"守帅"或"阃（kǔn捆）帅"，故此处尊称史正志为史帅。

2　"鹏翼"句：《庄子·逍遥游》上说：有一种巨鸟名鹏，"背若泰山，翼（双翅）若垂天之云"，一飞就是九万里。这里用大鹏喻史正志。

3　苍然无物：大鹏在高空俯视人间，结果一片混沌，什么具体的东西也看不到。这里是用高飞的大鹏藐视人世比喻史帅才能超群。苍然，莽莽苍苍混沌不清的样子。无物，什么也看不见。

4　九重：天的最高处，喻皇宫。《楚辞·九辩》："君之门以九重。"

5　玉阶：宫殿里铺砌玉石的台阶。山立：正立如山，不动摇。语本《礼记·乐记》："总干而山立，武王之事也。"这里喻指史正志。

6　"袖里"二句：古代神话传说，共工与颛顼争为帝，怒而触不周山，致使天柱折，地维绝，天倾西北，地不满东南，女娲乃炼五色石以补天，重立四极，使地平天成。这里借喻南宋爱国者立志恢复中原，统一祖国。天西北，喻当时被金人占领的北部中国。

7　"且归来"三句：赞誉史正志防守长江有功。谈笑，形容其从容不迫的主帅风度。波澄碧，象征长江防线稳定。

8　佳丽地：指建康（金陵）。语本南朝齐谢朓《入朝曲》："江南佳丽地，金陵帝王州。"

9　文章伯：文坛领袖。语本杜甫《暮春过郑监湖亭泛舟》诗："海内文章伯，湖边意绪多。"

10　金缕：乐曲名。唐有杜秋娘所作《金缕衣曲》，宋词常用调《贺新郎》又名《金缕曲》。这里代指宴会上演唱的歌曲。

11　红牙拍：古代打击乐器名，即拍板，亦名牙板，因其色红，故称红牙拍。宋俞文豹《吹剑续录》："柳郎中词，只好十七八女孩儿，按执红牙拍，歌'杨柳岸晓风残月'。"

12　尊前：指酒席上。尊，酒杯。

13　"日边"句：皇帝那里来的好消息。日边，见前《水调歌头·寿赵漕介庵》注。

14　宝香黄阁：代指丞相府。宝香，古时贵族官僚家中烧用的名贵香料。黄阁，汉代丞相府大门涂成黄色（见《汉旧仪》），后代就用"黄阁"作为丞相府的代称。

15　画舫：装饰华美的游船。青溪：三国时吴王孙权在建康开凿的一条人工河，源于钟山，流入秦淮河，是古代南京游览胜地之一。

16　端的：真的，果真。钟山：又名蒋山，在今南京市东。

【解读】

这首词是乾道四年（1168）作者写来呈送给当时驻守建康的军政长官史正志的。篇中多有对史正志其人的赞美之语，但实际上依据史籍所记载的情况，史正志的人品和实际才干都远不如辛弃疾所说的这么好。此人在政治上是一个投机分子，宋高宗到长江视师时，他曾剽窃别人的一篇政论，改头换面，取名为《恢复要览》呈给高宗，受到赏识，并赢得了"力主恢复"的好名声。但他在孝宗即位之初就已与主和派暗中有来往，张浚北伐失败之后，他更公开卖身投靠投降派头子史浩，并参与打击包括辛弃疾在内的主战派。辛弃疾写这首词时，一则因为史正志尚未暴露其真面目，还是一副主战派的架势；二则因自己是史的僚属，又是在祝寿应酬的场合，所以难免说一些客套恭维的话。但这并不影响本篇的思想艺术价值。因为此词的主旨，是通过对长江防线主帅的歌颂，来寄寓自己的政治理想。作为一种艺术创造，词中建康主帅的形象，已不仅仅是代表史正志一人，而是被当作抗战派代表和象征（其中自然也有作者的影子）来描写的。

词的上片赞颂建康主帅的超群之才，并强调了这位主帅在当时整个国防布局中地位之重要。一上来就用《庄子》里的神话，将建康帅比作那只翼若垂天之云的大鹏，使全词罩上了浓厚的浪漫气氛。接下来又以大鹏玉阶山立的伟岸形象，点明了此人在皇帝身边的显著位置。"袖里"二句，再次运用神话，将主帅比作补天之神，实际上是盼望抗战派得到重用，以便率军出征，去补好西北半边天——即为收复中原而立功万里之外。这就超出了一般对上司的庸俗吹捧，而具有较高的思想境界。"且归来"三句则由理想折回现实，写到主帅眼下的重任。其意略云：这个本当立功万里的补天之才，现在暂且来防守长江，以使国家免受敌寇入侵。我们知道稼轩本是个自许"用之可以尊中国"的人，因此以上的一连串描写，与其说是写别人，不如说是写他自己，或者说是借写别人来描画自己的政治理想。词的下片借筵席上的情况抒怀，惋惜抗战的理想还不能实现。过片四个短句，写筵席歌舞场面，缴足

"史帅席上赋"的题面。"看尊前"二句，表示了对好消息——主帅得到进一步提拔重用——的殷切期待。国防重镇的主帅得到进一步重用，则意味着北伐有望，这是天天盼北伐的辛弃疾求之不得的。但他了解朝廷的畏敌心理和苟安动向，也似乎已经多少窥见了史帅这个人的动摇心态，于是用婉转的语句叹息道：我认为你有资格做宝香黄阁的宰相之梦，但你现在却低徊不前，只在青溪划船品笛解闷，一门心思地流连光景罢了。篇末二句，实际上是加强这个疑问，作者婉转地问宴会主人：你如今难道真的安于与钟山作伴，在自然风光里沉溺下去了吗？这里既是含蓄地责问主帅，也表现了作者对张浚北伐失败后南宋的苟安局面的强烈不满。

念奴娇

登建康赏心亭呈史留守致道[1]

　　我来吊古，上危楼赢得[2]，闲愁千斛[3]。虎踞龙蟠何处是[4]？只有兴亡满目[5]。柳外斜阳，水边归鸟，陇上吹乔木[6]。片帆西去，一声谁喷霜竹[7]？　却忆安石风流[8]，东山岁晚[9]，泪落哀筝曲[10]。儿辈功名都付与[11]，长日惟消棋局[12]。宝镜难寻[13]，碧云将暮[14]，谁劝杯中绿[15]？江头风怒，朝来波浪翻屋[16]。

【注释】

　　1　赏心亭：在建康城西下水门之城上，下临秦淮河，始建于北宋初年，在当时是一个能尽观览之胜的亭子。史留守致道：指史正志，见前篇《满江红·建康史帅致道席上赋》注。

　　2　危楼：高楼。指赏心亭。因其建于城楼上，故称。

　　3　闲愁：指心头的无限愁苦。千斛（hú 胡）：形容其多。斛，古代容器，一斛等于十斗。

　　4　虎踞龙蟠：三国时诸葛亮评论金陵地形说："钟山龙蟠，石头（南京古有石头城）虎踞，此帝王之宅。"（见《太平御览》卷一五六引《吴录》）后人就以虎踞龙蟠形容南京的地势险要。李商隐《咏史》诗："三百年间同晓梦，钟山何处有龙蟠？"

5 "只有"句：看到的只有六朝兴亡的历史遗迹。从三国吴开始，到隋灭陈止，共有六个朝代在金陵建都，它们在这里留下了兴亡的陈迹。

6 "陇上"句：风吹动着田野上的高大树木。陇，通"垄"，田埂。乔木，高大的树木。

7 喷霜竹：吹笛子。霜竹，代指笛子。这句是化用黄庭坚《念奴娇》词："孙郎微笑，坐来声喷霜竹。"

8 安石：指谢安。东晋谢安字安石，孝武帝时任宰相。风流：指他有文采和才干。

9 东山：在会稽（今浙江绍兴），是谢安早年未仕时隐居之地。岁晚：指谢安晚年想回东山隐居，但这个愿望没有实现。据《晋书·谢安传》："（谢安）屡违朝旨，高卧东山。"后来"虽受朝寄……然东山之志始末不渝。雅志未就，遂遇疾笃。"

10 "泪落"句：指的是这样一个故事：谢安晚年因功高受到孝武帝的猜忌，处境可危。一次，孝武帝召擅长音乐的桓伊参加宴会，谢安也在座。桓伊弹筝作歌为谢安表忠心，声节慷慨，谢安感动流泪，孝武帝也觉得惭愧。事见《晋书·桓伊传》。

11 "儿辈"句：这是一个倒装句，正读就是：（把）功名都付与儿辈。这一句是指谢安在淝水之战时，放手让自己的兄弟子侄们到前线去破敌立功。据《晋书·谢安传》载：谢玄等人大破苻坚军，将捷报送到相府时，谢安正与客人下棋。他不动声色地把捷报放到床上，继续下棋。客人忍不住问起来，他才慢慢地回答说："小儿辈遂已破贼。"

12　"长日"句：这是化用唐人李远的诗句来形容谢安的闲雅风度。唐张固《幽闲鼓吹》："宣宗坐朝，令狐相进李远为杭州（刺史），宣宗曰：'比闻李远诗云："长日惟销一局棋。"岂可以临郡哉？'对曰：'诗人之言不足有实也。'"

13　"宝镜"句：据李濬《松窗杂录》载，唐朝时有渔人在秦淮河上得一古铜镜，照之尽见人肺腑，渔人吓得手腕战栗，铜镜掉进水里。李德裕穷索水底，终不可复得。这句或是用此典。

14　"碧云"句：化用江淹《拟休上人怨别诗》："日暮碧云合，佳人殊未来。"又，柳永《洞仙歌》词："伤心最苦，伫立对碧云将暮。"

15　"谁劝"句：化用白居易《和梦得游春诗一百韵》诗："行看鬓间白，谁劝杯中绿？"杯中绿，指酒。

16　"江头"二句：化用杜甫《观李固请司马弟山水图》诗："高浪垂翻屋，崩崖欲压床。"又苏轼《次韵刘景文登介亭》诗："涛江少酝藉，高浪翻雪屋。"

【解读】

　　此词作于乾道五年（1169）前后，写作背景和呈送对象与前面一首《满江红》相同。但前一首偏重于正面抒写抗金复国的理想，本篇则主要表现对时局的忧伤。词的题面是吊古，内容却重在伤今，现实的感慨很深。上片写登上赏心亭所看到的建康城远近的景色，于写景中已含怀古伤今之意。开头三句就点明，自己一登楼凭吊历史陈迹，便产生了无限愁苦。为什么产生愁苦？"虎踞"二句作了部分回答：古人所称赏的那种虎踞龙蟠之势不见了，看到的只是中古时期几个偏安小朝廷衰败的种种陈迹。这几个曾在金陵建都的小朝廷，大多由偏安一隅不图进取的腐朽无能集团所统治，结果或因内乱而亡国，或被强大的北方统治者消灭了。目前南宋朝廷躲在江南已经四十多年了，得过且过，国事日非，这不是在重蹈六朝灭亡的覆辙吗？作者写此词时，整个南宋社会正处于北伐失败后的低迷压抑气氛中，他是心有感慨才登楼怀古的，所以一想到前朝旧事，胸中就难免涌出"闲愁千斛"了。这里"闲"是反话，事关国家"兴亡"，还可能是"闲愁"吗？所以上面一系列描写的潜台词是：金陵这块龙蟠虎踞之地，本可以作为宋廷中兴的基地，当权者却不会想到要好好经营它，这不是要走六朝的老路吗？这一层意思很深刻，但又极含蓄，需要通过回味才体会得出来。接下去"柳外"至"霜竹"五句是写城楼上看到的黄昏景色，选取衰柳、夕阳、荒野、悲风、孤帆、哀笛等等牵动愁肠的惨淡之物，编织成一幅夕阳西下图。这幅图画，不正是风雨飘摇、江河日下的临安小朝廷的象征吗？这些描写，是景语，也是情语，情景交融，反映了作者对国事的隐忧。

上片凭吊建康的历史遗迹，下片则怀念在建康活动过的杰出历史人物，这就是那位立过抵御北方强敌的大功，晚年却遭皇帝疑忌的谢安。谢安是一个为历代诗人们推崇备至的精英人物，李白就曾歌咏道："但用东山谢安石，为君谈笑静胡沙。"作者想到，如今正是国家亟须"静胡沙"之时，多需要谢安这样的人才啊！可历史上的谢安又怎样呢？功高震主，晚年陷入"泪落哀筝曲"的尴尬境地，只得不问国事，下棋过日子。下片这五句，实为借古喻今，既对史正志在建康无所作为表示惋惜（史之"依然画舫青溪笛"正与谢安"长日惟消棋局"相似），更概括了所有抗战派的志士仁人（包括作者自己）受到猜忌排斥，不能发挥战斗作用的处境。既然局势如此，作者当然会忠愤填膺。"宝镜难寻"三句，集中表现了作者忧伤孤独的情怀。宝镜之难寻，碧云之将暮，象征事业之渺茫和前途之黯淡，故作者只得闷饮"杯中绿"。结尾二句，以江头风浪摧毁房屋暗喻抗战派处境之危险，作者的忧国之情，至此更为炽烈。全词风格沉郁苍凉，哀婉动人，利用景物的点染来烘托抒情主人公的心理，用复沓的象征和暗喻来表现深曲沉挚之情，这些都是本篇艺术手法上的主要特点。

满江红

中秋寄远

快上西楼，怕天放、浮云遮月。但唤取、玉纤横管[1]，一声吹裂[2]。谁做冰壶凉世界[3]，最怜玉斧修时节[4]。问嫦娥、孤令有愁无[5]？应华发[6]。　　云液满[7]，琼杯滑[8]。长袖舞[9]，轻歌咽。叹十常八九[10]，欲磨还缺。但愿长圆如此夜[11]，人情未必看承别[12]。把从前、离恨总成欢，归时说。

【注释】

1　"玉纤"句：指美人手按横笛吹奏乐曲。玉纤，女子洁白细嫩的手指。横管，横笛。

2　"一声"句：形容笛声清脆，有穿云裂石之妙。这是用苏轼诗句。宋何薳《春渚纪闻》卷七："东坡先生《和岗字诗》云：'一声吹裂翠崖岗。'薳家藏公墨本，诗后注云：'昔有善笛者，能为穿云裂石之声。'别不用事也。"

3　冰壶凉世界：形容月夜天地清洁凉爽。唐许浑《天竺寺题葛洪井》诗："月寒冰在壶。"

4　怜：喜爱。玉斧修时节：据唐段成式《酉阳杂俎》

载：月亮是由七种宝石合成，天上有八万二千户玉匠持斤斧轮流修磨它。王安石《题扇》诗："玉斧修成宝月圆。"这句说：我特别喜爱这中秋的明月，猜想它是刚被天上的匠人用玉斧修磨好的。

5　嫦娥：神话传说中的月中仙子。孤令：同"孤零"，孤零零地，孤孤单单地。

6　华发：同"花发"。头发花白，指衰老。

7　云液：天上的仙酒。用作酒的美称。白居易《对酒闲吟赠老者》诗："云液洒六腑。"

8　琼杯：玉杯。用作酒杯的美称。

9　长袖舞：语本《韩非子·五蠹》："鄙谚曰：'长袖善舞，多钱善贾。'此言多资之易为工也。"这里指赏月宴席上妓女翩翩起舞。

10　十常八九：语本《晋书·羊祜传》"天下不如意，恒十居七八。"黄庭坚《用明发不寐有怀二人为韵寄李秉彝德叟》诗："人生不如意，十事常八九。"

11　"但愿"句：用苏轼《水调歌头》词"但愿人长久，千里共婵娟"二句之意。

12　看承：别样看待，特别看待。

【解读】

这是一首中秋怀人词。它并不注重对月夜美景的具体描写，而只借月亮的圆缺和宴会的气氛来表现对远方亲人的怀念之情。其内容略同于苏轼名篇《水调歌头》（明月几时有），但风格与手法各别。苏词充满浪漫气息和奇特想象，此词则快言快语，直道眼前事，直抒心中情，写实特征比较明显。上片写赏月。当头一个"快"字，生动地表现了作者借月怀远的迫切心情。以下写月而寄情。最可注意的是"问嫦娥"二句。嫦娥独居广寒宫，凄凉孤寂，这神仙日子怕不好过吧？想必你早已愁得头发花白了！这里暗用李商隐《嫦娥》诗中"嫦娥应悔偷灵药，碧海青天夜夜心"的句意。这实际上是明写月中仙子，暗指自己的怀念对象。从自己对对方的怀念，设想对方也在千万里之外孤零零地怀想自己，也许头发都急白了吧？语意双关，含蓄隽永。下片直接宣写离情，盼望早日团圆。过片四句，由夜宴饮酒和歌舞引出人各一方的哀愁。"叹十常八九"二句，以月之难圆而常缺，喻人之离多而会少。"但愿"以下至结尾，则转为乐观旷达之调，深信离别的日子定会过去，有情人终有团聚之日。这与苏轼"但愿人长久，千里共婵娟"是同一胸怀，表达的都是对人生的乐观态度。作者毕竟是英雄壮士一流的人物，虽写人人难免的离愁别恨，却不堕入低沉琐屑之中，更不作无病呻吟，这正是辛派豪放词的本色。

满江红

点火樱桃[1]，照一架、荼蘼如雪[2]。春正好，见龙孙穿破[3]，紫苔苍壁。乳燕引雏飞力弱[4]，流莺唤友娇声怯[5]。问春归、不肯带愁归，肠千结。　　层楼望[6]，春山叠。家何在？烟波隔。把古今遗恨，向他谁说？蝴蝶不传千里梦[7]，子规叫断三更月[8]。听声声、枕上劝人归[9]，归难得。

【注释】

1　"点火"句：形容樱桃红得像着了火。

2　照：这里作"映衬"讲。荼蘼（tú mí 图迷）：或作酴醿（音同荼蘼），花名，春末夏初开白花。

3　龙孙：竹笋的别称。僧赞宁《笋谱杂说》："俗间呼笋为龙孙。"

4　乳燕：母燕。雏：指刚孵出的小燕。

5　流莺：指黄莺鸟，见前《满江红·暮春》注。

6　层楼：高楼，见前《满江红·暮春》注。

7　"蝴蝶"句：典出《庄子·齐物论》："昔者庄周梦为胡蝶，栩栩然胡蝶也；自喻适志与，不知周也。俄然觉，则蘧蘧然周也。不知周之梦为胡蝶与，胡蝶之梦为周与？"这里借指做梦。

8　子规：杜鹃鸟的别名。按，这二句是化用唐崔涂《春夕旅怀》诗："蝴蝶梦中家万里，杜鹃枝上月三更。"

9　声声：指杜鹃的啼叫声。劝人归：杜鹃的叫声像是"不如归去"。《禽经》："春夏有鸟若云'不如归去'，乃子规也。"

【解读】

　　这首词写作时间大约与前选《汉宫春》词相接，主旨是写因春归而思念家乡的哀怨情绪，风格凄婉而含蓄。上片即景伤春。作者用笔极为细致，所选取来描写的都是春天很有代表性的事物：春笋破土而出，春燕产出了幼雏，流莺呼朋唤友，那恰恰娇啼的乐音，就像在奏响春天的一首抒情曲……可是好景不长，正像苏轼诗所说的："开到荼蘼花事了"，春天就要归去了，留也留不住。这对别有怀抱的伤心人——盼望北伐打回老家去的辛弃疾是多大的打击啊！春归牵动了他满怀的离恨，于是他"无理而有情"地对大自然发出怨恨之语：愁是你春天带来的，如今你自个儿走得利索，却把愁留给人不管了！"肠千结"三字，夸张地表达出作者抑郁的心情。下篇具体而细致地抒写这被春天触动的愁和恨。作者登楼远望家乡，可万叠春山遮挡了视线，无边的烟波阻断了归路。这山峦和烟波，象征着国家的分裂、政局的险恶和恢复大业面临的重重困难！"把古今"二句，深沉而悲愤，点明"恨"的内容远非一般风月花柳的春恨，而是身世家国之大恨。而作者知音稀少，此恨又无处可以倾诉。紧接着"蝴蝶"二句，化用唐诗而变其意，充分地表达了思家念远的哀痛之情。末二句由杜鹃啼声联想到自己打回老家去的愿望不能实现，以"归难得"的慨叹作结，愈发显得沉哀入骨。

青玉案

元 夕[1]

东风夜放花千树[2]，更吹落，星如雨[3]。宝马雕车香满路[4]，凤箫声动[5]，玉壶光转[6]，一夜鱼龙舞[7]。　蛾儿雪柳黄金缕[8]，笑语盈盈暗香去。众里寻他千百度[9]，蓦然回首[10]，那人却在，灯火阑珊处[11]。

【注释】

1　元夕：旧历正月十五为上元节，这一天晚上叫元夕，又称元宵。我国自古有元夕观灯的风俗。

2　"东风"句：形容元宵灯火灿烂，像东风吹开了千树万树花朵。语本唐苏味道《正月十五夜》诗："火树银花合，星桥铁锁开。"

3　星如雨：也指元宵灯火。语本《左传·庄公七年》："星陨如雨。"

4　宝马雕车：指富贵人家出来看灯乘坐的装饰华丽的车和马。这句是化用唐郭利贞《上元》诗："倾城出宝骑，匝路转香车。"

5　凤箫：箫的美称。

6　玉壶：喻月亮。唐朱华《海上生明月》诗："影开金镜满，轮抱玉壶清。"

7　鱼龙舞：指鱼灯、龙灯等各呈异彩。宋夏竦《奉和御制上元观灯》诗："鱼龙漫衍六街呈，金锁通宵启玉京。"

8　蛾儿、雪柳黄金缕：都是宋代妇女元宵节出游时头上所戴的饰物。蛾儿，又称闹蛾儿。雪柳黄金缕，一种以金为饰的雪柳。《东京梦华录》卷六"正月十六日"条："市人卖玉梅、夜蛾、蜂儿、雪柳……"

9　众里：人群中。千百度：千百次。

10　蓦（mò莫）然：忽然，猛然。

11　阑珊：零落，冷落。

【解读】

这首著名的元宵词大约是辛弃疾三十一岁至三十二岁在杭州任司农寺主簿期间所作。它的题面是咏元宵节，大部分篇幅的确也是描写京城元夕的热闹场面，其艺术境界之美与章法句法之妙，前人多有评论，这里不再一一引证。所要强调的是，前人多把此词当成一首单纯的节令词，未免浅尝辄止，没有探出作者的词心。我们只要仔细品味，不难发现此词意不在咏节令，而是借节日之所见所感来表达某种思想情怀。此词的主旨究竟是什么，历来词话家有各种说法。我以为近人梁启超的判断比较准确，他说：此词是作者"自怜幽独，伤心人别有怀抱"（梁令娴《艺蘅馆词选》引）。试看：上片用夸张的笔法，极力铺写京城元夕灯月交辉、人人狂欢的热闹繁盛景象。起二句先绘出一幅"火树银花不夜天"的动人画面。这是一个笼罩全场的大背景。"宝马"四句是具体描写，从车马、街道、音乐、月光、龙灯等各种景物和各个角度来勾画，极力突出场面之热闹。但上片这一系列描写并不是全篇的重点和中心，而仅仅是为了以之作为作者幽寂孤峭情怀的反衬。过片从"蛾儿"到"暗香去"的描写，是续上片繁华热闹之绪，引出观灯归去的一群群时髦女郎。而这正是为了突出作者意中那位与这些世俗女子都不同的孤寂美人。这位在罗绮如云的热闹场地之外孑然独处的孤孤单单的美人，其实就是作者这一类正直高洁之士的最好写照。如前面所选的几首词所反映出来的，辛弃疾归宋之后，一直不得志，又逢张浚北伐失败，朝野无人再敢言战，他的抗战主张不被采纳，正为政治上缺少知音而苦闷。因此，本篇这个孤独美人的形象所反映出来的，就是作者自己在政治上失意之后，宁愿幽居，甘受冷落，也不随大流的品质。可以说，这首词客观上是作者的政治思想和道德情操的艺术再现。

声声慢

滁州旅次登奠枕楼作[1]，和李清宇韵[2]。

征埃成阵[3]，行客相逢，都道幻出层楼[4]。指点檐牙高处[5]，浪涌云浮。今年太平万里，罢长淮千骑临秋[6]。凭栏望，有东南佳气[7]，西北神州[8]。　　千古怀嵩人去[9]，还笑我身在，楚尾吴头[10]。看取弓刀陌上[11]，车马如流。从今赏心乐事[12]，剩安排、酒令诗筹[13]。华胥梦[14]，愿年年、人似旧游。

【注释】

1　滁州：今安徽滁州市。旅次：客中居住之所。作者为山东人，流寓南方，故视滁州官舍为旅次。奠枕楼：作者于乾道八年（1172）在滁州所建的一座用来安顿百姓和供客商居住的楼房。奠枕的意思是安居。

2　李清宇：陕西延安人，作者在滁州结交的一个朋友。

3　征埃：路上行人和车马扬起的尘土。

4　幻出层楼：奇迹般地出现一座高楼。层楼，高楼。

5　檐牙：屋檐边翘起的尖角。

6　"罢长淮"句：指那一段时间金兵停止了对淮河

前线的侵扰。罢，停止。长淮，淮河。千骑临秋，指金兵的侵扰。金兵常在秋高马肥时南下攻宋。

7 佳气：吉祥之气。古人信望气之说，以为什么地方有某种兆头，上空就有某种云气。此处语本《后汉书·光武帝纪》："苏伯阿为王莽使至南阳，遥望春陵郡，喟曰：'气佳哉，郁郁葱葱然！'"

8 神州：古代中国的别称，这里特指失陷的中原。

9 怀嵩人：指唐代李德裕。他曾被贬为滁州刺史，在滁州建了一座"怀嵩楼"，表示怀念自己在洛阳附近嵩山的故居。后来李德裕北归，此楼就成为滁州的名胜。宋王象之《舆地纪胜》卷四〇《滁州景物》下："怀嵩楼即今北楼，唐李德裕贬滁州，作此楼，取怀归嵩洛之意。"

10 "楚尾"句：滁州是古代楚国与吴国接壤之地，正在楚的东面，吴的西面，故称为楚尾吴头。

11 弓刀陌上：布置兵丁持武器巡逻的道路上。黄庭坚《寄叔父夷仲》诗："弓刀陌上望行色，儿女灯前语夜深。"

12 赏心乐事：指玩赏之心与欢乐之事。古人称良辰、美景、赏心、乐事为"四美"。

13 剩：此处作"尽"、"尽管"解。酒令诗筹：古人饮酒要做一定的游戏，定一些规矩，由令官掌握，违者罚酒，称为酒令；诗筹，也是宴会上的一种活动，用抽签的办法来限韵作诗，筹即指写有诗题和韵脚的竹签。

14 华胥梦：《列子·黄帝篇》说：黄帝曾"昼寝而

梦游华胥氏之国……其国无师长，自然而已；其民无嗜
欲，自然而已……黄帝既寤，怡然自得。"后即用华胥代
指做梦。

【解读】

这首登楼即兴抒怀的词，是乾道八年（1172）作者任
滁州知州时所作。词的上片，描写作者亲手建造的奠枕楼
的雄伟壮丽及登楼所见。开头五句，从游客惊叹瞻仰的角
度来烘托高楼的气势。犹如摄影中的仰拍镜头，这里为我
们展现了一个高远雄阔的登临纵目的境界。接下去"今
年"五句则写楼上所见所感。首先使作者欣喜的，是淮河
前线敌兵不来侵犯，边界地区有了和平建设景象。但是作
者并没有沉醉于暂时的和平宁静气氛中，"凭栏望"三句，
意在谆谆告诫人们：虽然东南地区形势较好，但可别忘了
国家的西北失地尚待恢复啊！这就超越一般登高赏玩的俗
套，把词的思想境界提升到抗战恢复的高度上来了。下片
承凭栏望"西北神州"之意而来，着重抒发自己的政治感
慨。过片三句，由前人联想到自己。当年李德裕在这里建
造了怀念中州故土的怀嵩楼，希望早日北归。那时中国虽
经安史之乱和藩镇割据，还是南北统一的，李德裕也还能
施展政治才能，他终于得以离开滁州北上了。而作者自
己，处在南北分裂的不幸时代，努力奋斗多年，祖国统一
还未实现，弄得有家难归，至今还流落在楚尾吴头。李德
裕泉下有知，定会嘲笑我辛弃疾处境尴尬吧！这里一个

"笑"字，道出了作者心中隐藏的悲痛。可是感叹是没有什么用的，因为朝廷已与金人订约妥协多年，眼下要图进取中原是不可能了，还是暂时沉入这"太平"环境中寻点乐趣吧。"看取"以下至末尾的几句，即表现作者强装达观苦中作乐的心情。本来，最大的"赏心乐事"应是光复神州，安排酒令诗筹，原非作者所愿。但在目前环境中，只得如此消遣了。"华胥梦"三句，以希望繁华景象长久作结，其中虽有对自己建设滁州政绩的欣赏，但也流露了不安于此之意。全词含蓄而深沉地表达了作者时刻不忘恢复中原的一贯精神。

木兰花慢

滁州送范倅[1]

老来情味减，对别酒，怯流年[2]。况屈指中秋[3]，十分好月，不照人圆。无情水，都不管，共西风只管送归船。秋晚莼鲈江上[4]，夜深儿女灯前[5]。　　征衫便好去朝天[6]，玉殿正思贤[7]。想夜半承明[8]，留教视草[9]，却遣筹边[10]。长安故人问我[11]，道愁肠殢酒只依然[12]。目断秋霄落雁[13]，醉来时响空弦[14]。

【注释】

1　范倅（cuì 脆）：指辛弃疾在滁州的副手范昂。范昂当时任滁州通判。倅，副职。通判是知州的助理官，故称"倅"。

2　怯流年：怕年光逝去。

3　"况屈指"句：何况屈指一算，中秋节快到了。况，何况。

4　莼（chún 纯）鲈：指莼菜羹和鲈鱼脍。这是江东特产的两种佳肴。这一句是设想范昂在东归的船上会吃到家乡的美味。

5　"夜深"句：化用黄庭坚《寄叔父夷仲》诗：

"儿女灯前语夜深。"这句是设想范昂到家后与儿女团聚。

6 征衫：旅行时所穿的衣服。朝天：朝见皇帝。

7 玉殿：代指朝廷。

8 承明：汉代皇宫中有承明庐，是文学侍从之臣起草文稿和值班之所。《汉书·严助传》："君厌承明之庐，劳侍从之事。"注："承明庐在石渠阁外。直宿所止曰庐。"这里代指南宋皇宫中的草诏之所。

9 视草：唐代朝廷设翰林待诏，任务是检视皇帝诏书的草稿，称为"视草"。见《旧唐书·职官志》"翰林院"条。这里是推测范昂入朝后可能担任类似的文职。

10 筹边：筹划边防事务。

11 长安故人：京城里的老朋友。长安本是汉唐故都，宋人习惯用来代指本朝京城。这里指南宋都城临安（今杭州）。

12 愁肠殢（tì替）酒：为解除愁苦而沉湎于酒中。这是化用唐韩偓《有忆》诗："愁肠殢酒人千里。"殢酒，病酒，困酒。

13 目断：举目远望直到望不见。

14 响空弦：据《战国策·楚策》记载，更羸与魏王一道在高台之下，仰见飞鸟，就引弓虚发（只拉弓不射箭），居然惊落了一只孤雁。魏王问其原因，更羸说："这是一只受伤的雁，伤还未好，对弓箭十分恐惧，听到弓弦声就惊落下来了。"这里借喻作者自己在南宋官场孤危的处境。

【解读】

这首词写于乾道八年（1172）中秋节前。词的主旨是借送别奉调进京的下属，宣泄自己满腹的牢骚。上片惜别。首三句，写送别时感到时光飞逝，不觉心惊。作者这一年才三十三岁，却自称"老"，这反映了他政治失意时的焦虑心态。宋人常常因为政治失意而在壮盛之年称老，如欧阳修被贬滁州时不到四十岁，就自号醉翁；苏轼在密州写《江城子》词时劈头就自称"老夫"，其实那一年他才三十八岁。辛弃疾盛年称老，也属此例。此三句连同接下来的六句，连珠炮似的对时光、对月亮、对江水连发三恨：一恨时光飞逝、年华老大而自己尚无所作为；二恨中秋将至月将圆时朋友却偏偏要离散；三恨"无情江水"不管人的心情如何，硬要将朋友所乘坐的船儿送走。这三恨，皆无理而有情，既表达了对僚属兼好友的范昂的深厚情谊，又流露了自己此时的抑郁心态。接下来转入对旅行者的良好祝愿，愿他路上就吃到家乡美味，愿他早日到家与亲人欢聚。这种祝愿既是写别人，又用以对比自己滞留异乡不得归的现状，暗含感慨于言外。下片正面揭示主题：在表达对奉调进京者的期望时宣泄自己政治失意的牢骚。头五句，期望范昂入朝后受到重用，既充分施展文才，更要去边关筹划军务，对收复中原的事业有所贡献。接下来由别人的上调想及自己羁留滁州的处境，倾诉起自己的愁怀。"长安"二句，牢骚之至，却又含蓄之至。作者说自己一直在"愁肠殢酒",愁从何起呢?下文却没有作答,这就十分引人琢磨了。我们知道,作者归宋至此已经十年,作为受歧视的"归正人",一直得不到朝廷的信任和重用,一直在小小地方官的任上打转,满腹的文才武略未能派上用场。今番连自己的下属都奉调进京了,你叫这位有管、乐之才的爱国志士如何不"愁肠殢酒只依然"呵!他不但不受重用,而且一身孤危,四周都是陷阱,所以词的结尾二句用空弦落雁的典故,形象地暗示了自己的险恶处境和忧惧心态。

菩萨蛮

金陵赏心亭为叶丞相赋[1]

青山欲共高人语[2]，联翩万马来无数[3]。烟雨却低徊[4]，望来终不来。　　人言头上发，总向愁中白。拍手笑沙鸥，一身都是愁[5]。

【注释】

1　金陵赏心亭：见前《念奴娇·登建康赏心亭呈史留守致道》注。叶丞相：叶衡，字梦锡，婺州金华（今浙江金华市）人，高宗绍兴十八年（1148）进士，此时在建康任江东安抚使，以后不久升任右丞相兼枢密使。他力主抗金，任职期间积极加强战备，屡陈抗战大计，但受到主和派的阻扰和反对。

2　"青山"句：这是化用苏轼《越州张中舍寿乐堂》诗："青山偃蹇如高人，常时不肯入官府。高人自与山有素，不待招邀满庭户。"高人，有高尚品格的人，此处指叶衡和作者自己。

3　联翩：接连不断。

4　低徊：徘徊不进的样子。

5　"人言"四句：这是变化运用白居易《白鹭》诗："人生四十未全衰，我为愁多白发垂。何故水边双白鹭，无愁头上也垂丝？"

【解读】

此词作于孝宗淳熙元年（1174）。这时辛弃疾被叶衡推荐为江东安抚司参议官，是叶衡的谋士之一。此词看题面是为长官而写，究其实是自抒其情。词用上片写景，下片议论的方式结构成篇。上片起二句点化苏轼诗句，赋予青山以人的情感、人的动作和品格，把本来静止不动的金陵城外群山描画得神采飞动，活跃奔腾。这种主观化的万马奔腾的壮观场面，令人联想起抒情主人公早年"旌旗拥万夫"的战斗经历，实为辛弃疾军人心理情结的自然流露。可是青山望来而终未来，它们被重重烟雨遮挡住了。三、四两句描写的这个迷茫低徊的意境，使人联想到作者归宋后一直在政治上受阻的情形。人的政治理想不能顺利地实现，就像将到眼前的可爱山峰被茫茫雨雾掩埋一样令人惆怅。这里景中寓情，使人看出了作者心中的块垒。词的下片，以城外大江上的沙鸥起兴，通过议论来抒情。"人言"二句概括白居易诗意，却不是为了赞同白的看法，而是婉转地反驳白居易，以表现自己顽强乐观的性格，说明忧愁不会把人压倒。不过这层意思作者并没有直说，而是即景生情，以沙鸥作比，十分幽默地反问道：如果头发变白与忧愁有关，那么沙鸥羽毛全白，岂不一身都是愁了吗？作者言下之意显然是：沙鸥自由自在地在江上飞翔，顽强地搏击风浪，这证明了它那一身白色与忧愁没有什么关系，人的头发变白也与忧愁没有必然联系。这段议论含蓄地表现了作者顽强乐观、不为政治上的挫折所屈服的战斗性格。

太常引

建康中秋夜为吕叔潜赋[1]

一轮秋影转金波[2]，飞镜又重磨[3]。把酒问姮娥[4]：被白发、欺人奈何[5]！　　乘风好去，长空万里，直下看山河。斫去桂婆娑[6]，人道是、清光更多[7]。

【注释】

1　吕叔潜：吕大虬（qiú 求），字叔潜，是辛弃疾的朋友，生平事迹已不可考。

2　金波：指月光。语本《汉书·礼乐志》所载《郊祀歌》："月穆穆以金波。"

3　"飞镜"句：喻月亮重圆。飞镜，指月，语本李白《渡荆门送别》诗："月下飞天镜，云生结海楼。"古时镜面是铜做的，需要常磨，才能明亮照人。这里比喻中秋之月如新磨的铜镜光彩照人。

4　把酒：举起酒杯。苏轼《水调歌头》词："明月几时有，把酒问青天。"姮娥：即嫦娥，神话传说中的月中仙子。

5　白发欺人：语本唐薛能《春日使府寓怀》诗："青春背我堂堂去，白发欺人故故生。"奈何：怎么办。

6 斫（zhuó 卓）：砍削。桂婆娑：指月中桂树。语本韩愈《月蚀诗效玉川子作》："玉阶桂树闲婆娑。"

7 "人道"句：连同上句，化用杜甫《一百五日夜对月》诗："斫却月中桂，清光应更多。"

【解读】

这首词大约作于淳熙元年（1174）中秋之夜。这也是一首政治抒情词，它篇幅虽然很短，内容却很丰富，思想寄托很深。其主题是表现对于妨碍自己实现政治抱负的腐朽黑暗势力的憎恨，但通篇没有一句是直接地宣泄这个想法，而是用隐喻的手法来表现的。上片的四句，意思可分为两层。前二句以简练而生动的笔触描写中秋之夜皎洁美好的自然景色。后二句对月伤感。中秋赏月是我国人民的传统习俗，但赏月时不同的人们往往产生不同的感想。正当盛年的辛弃疾仰视明月想到的是什么呢？他首先想到的是南归多年，光阴虚度，理想和抱负没有实现。于是他向那想象中的月里嫦娥尖锐地发问：年华飞逝，白发欺人，我该怎么办？"奈何"一词是句中之眼，生动地揭示出作者内心的苦恼和焦躁。下片共五句，主要表现作者对于造成他的苦恼和焦躁的恶势力的憎恨。这个主题的揭示又是分两个层次来完成的。第一个层次为"乘风"三句，意脉直承上片：在人间无法解除苦恼，则转而幻想飞举太空，去俯瞰祖国山河。祖国太可爱了，而作者对祖国母亲的感情又是如此之深。可是月中那讨厌的桂树却用它的阴影来遮蔽了光明，使作者没法看清山河。这一联想寓意很深。祖国山河因金人的蹂躏而残缺不全，作者多年系心的就是如何使缺月重圆，山河重归一统，可那些黑暗势力却阻止他实现美好的理想。于是在下一层次，作者愤然吟为"斫去桂婆娑，人道是清光更多"的警句——只有砍掉这象征黑暗的桂树，才能消除笼罩在祖国大地上的阴翳，使山河重光。小词就在这极有艺术感召力的想象中表达了作者去邪除恶的迫切愿望。这是辛弃疾用小令写大题材，发大感慨的杰作之一。

水龙吟

登建康赏心亭[1]

楚天千里清秋[2]，水随天去秋无际。遥岑远目[3]，献愁供恨，玉簪螺髻[4]。落日楼头，断鸿声里[5]，江南游子。把吴钩看了[6]，栏干拍遍，无人会[7]，登临意。　　休说鲈鱼堪脍，尽西风、季鹰归未[8]？求田问舍，怕应羞见，刘郎才气[9]。可惜流年，忧愁风雨，树犹如此[10]。倩何人、唤取红巾翠袖[11]，揾英雄泪[12]？

【注释】

1　建康赏心亭：见前《念奴娇·登建康赏心亭呈史留守致道》注。

2　楚天：泛指江南的天空。现在的长江中下游各省战国时都属于楚国，故称楚天。

3　遥岑：远山。远目：纵目远望。

4　"玉簪"句：谓山如美人头上的碧玉簪和螺形发髻。韩愈《送桂州严大夫》诗："水作青罗带，山如碧玉簪。"皮日休《缥缈峰》诗："似将青螺髻，撒在月明中。"此用其喻。

5　断鸿：失群的孤雁。

6　吴钩：春秋时期吴国制造的一种兵器，似剑而曲。这里借指腰间佩剑。杜甫《后出塞》诗："少年别有赠，含笑看吴钩。"

7　会：领会，理解。

8　"休说"三句：典出《世说新语·识鉴》：西晋时，吴人张翰（字季鹰）在京城洛阳做官，秋天来到、西风吹起时，他想起吴中的鲈鱼鲙和莼菜羹，说道："人生贵得适意尔，何能羁宦数千里以要名爵？"于是辞官东归。鲙，细切的鱼肉片。尽西风，尽管西风已经吹起。

9　"求田"三句：据《三国志·魏书·陈登传》载：许汜去见陈登（字元龙），陈登瞧不起他，叫他睡下床，自己睡大床。后来许汜将此事告诉刘备，说："陈元龙湖海之士，豪气不除。"刘备就批评许汜说："你有国士之名，如今天下大乱，帝王流离失所，希望你忧国忘家，有救世之志，但你却只知求田问舍，所说的话没有可取之处。你还说陈登对你傲慢，让你睡下床，如果是我接待你，我就自睡百尺楼上，让你睡地下，岂止是上下床之间！"刘郎，指刘备。

10　"可惜"三句：流年，指时光流逝。风雨，喻艰难的国势。树犹如此，典出《世说新语·言语》：东晋大将桓温北征路过金城，看到自己早年所种的柳树已有十围粗，感叹说"木犹如此，人何以堪！"于是攀枝折条，流下眼泪。

11　倩：请，请求。红巾翠袖：代指美女。

12　揾（wèn问）：擦去，揩掉。

【解读】

此词作于淳熙元年（1174）秋。当时作者应叶衡之邀，担任江东安抚司参议官。这是作者第四次到建康。第一次，是十二年前奉耿京之命南下接洽归宋事宜，在建康受到宋高宗接见；第二次是押解叛徒张安国到达建康，献俘给南宋当局；第三次是任建康府添差通判。十二年过去了，他第四次来到这个对他来说具有特殊纪念意义的名城，自不免感慨万千。最让他感慨不已的是，他南渡本是为了完成抗金大业，不料十二年过去了，以在建康城去而复返，兜了一大圈又回到原地这件事为标志，他所追求的理想竟还处于原地踏步的状态。所以他再次登上赏心亭，自会产生像桓温那样的"树犹如此，人何以堪"的悲痛之怀，心中郁积的苦闷不能不以一吐为快。词的上片，写景极为悲凉，而又熔情入境，借以袒露不得志的愁怀，满腹牢骚全吐于纸上。但这种牢骚并非个人进退出处的牢骚，而是至大至公的时世家国之忧，因此显得堂堂正正，浩气袭人。正如唐圭璋《唐宋词简释》评论此词时所指出的，同为登楼的名篇，三国王粲的《登楼赋》便无此慷慨。下片三次用典，以张翰、刘备、桓温三事来表达自己的宏图远志永不改变之意和眼下的伤感之怀，豪气浓情一时并集。全篇笔势浩荡，而又以潜气内转之法蓄势造境，所以感人至深。陈洵《海绡说词》赞此词："纵横豪宕，而笔笔能留，字字有脉络如此。"

摸鱼儿

观潮上叶丞相[1]

望飞来、半空鸥鹭[2]，须臾动地鼙鼓[3]。截江组练驱山去[4]，鏖战未收貔虎[5]。朝又暮。悄惯得、吴儿不怕蛟龙怒[6]。风波平步[7]。看红旆惊飞[8]，跳鱼直上，蹇踏浪花舞[9]。　　凭谁问，万里长鲸吞吐[10]，人间儿戏千弩[11]。滔天力倦知何事[12]，白马素车东去[13]。堪恨处，人道是、属镂怨愤终千古[14]。功名自误。谩教得陶朱，五湖西子，一舸弄烟雨[15]。

【注释】

1　观潮：指观赏钱塘江潮。叶丞相：即叶衡，见前《菩萨蛮·金陵赏心亭为叶丞相赋》注。

2　鸥鹭：沙鸥和白鹭，两种白色的水鸟。这里用以比喻潮水来时白色的浪花。

3　须臾（yú 鱼）：一会儿，片刻。动地鼙（pí 皮）鼓：语本白居易《长恨歌》："渔阳鼙鼓动地来。"这里借鼓声来形容潮水的轰鸣声。鼙鼓，古代军用的一种战鼓。

4　组练："组甲被练"的省写，是古代军士所穿的两种白色衣甲。引申指军队。这句形容潮水涌来，像千万白

48

衣甲的士兵在驱赶大山。这也是化用苏轼《催试官考较戏作》诗："八月十八潮，壮观天下无。鲲鹏水击三千里，组练长驱十万夫。"

5　"鏖（áo 熬）战"句：形容潮水来势凶猛，就像勇士大战相持不下。鏖战，激烈地战斗。貔（pí 皮），一种似熊的猛兽。这里用"貔虎"比喻士兵。

6　悄惯得：直纵容得。悄，直，浑。吴儿：指江浙一带弄潮的青少年。

7　"风波"句：形容"吴儿"谙熟水性，在潮头嬉戏如同在平地上走路一样。

8　红旆（pèi 佩）：红旗。

9　蹙（cù 促）踏：踩踏。

10　长鲸吞吐：语本左思《吴都赋》："长鲸吞航，修鲵吐浪。"这里形容潮水规模之大。

11　"人间"句：谓当年吴越王钱镠用弓弩射钱塘江潮简直是开玩笑。据《宋史·河渠志》载：五代时吴越王钱镠曾在杭州候潮门外布置士兵以强弩数百射潮，想止住潮水冲击，以便筑堤。

12　滔天力倦：指潮水闹够了，"疲乏"了。

13　白马素车：化用汉枚乘《七发》中形容曲江波涛之语："如素车白马帷盖之张。"用以比喻潮水。又，这也是用关于伍子胥的神话传说。据《太平广记》卷二九一"伍子胥"条载：春秋时吴国忠臣伍子胥冤死后，人们在钱塘江边"时有见子胥乘素车白马在潮头之中，因立庙以祠焉。"这里把潮水退走说成是伍子胥乘白马素车向东离去。

14 "属镂（lòu 漏）"句：典出《史记·吴太伯世家》。据该篇记载：春秋时吴王夫差不听伍子胥的忠告，与越王勾践讲和，放虎归山。后又听信奸臣的谗言，赐给伍子胥一把属镂剑，令其自杀。子胥死后，尸体被投入钱塘江中。传说子胥冤魂不散，年年八月驱水作潮。

15 "谩教得"三句：意思说，古来忠臣遭祸的教训告诉人们，要保全自身，只能像陶朱公（范蠡）那样，带上西施去泛舟五湖。按，据《史记·越王勾践世家》载，范蠡帮助勾践灭吴之后，知道勾践这个人只可共患难，不可共安乐，就弃官而去，变姓名，自号鸱夷子皮，浮海出齐经商。后止于陶，又自号陶朱公。又，相传范蠡献西施于吴王，吴灭后，他复取西施泛舟五湖而去。杜牧《杜秋娘》诗："西子下姑苏，一舸逐鸱夷。"

【解读】

此词为淳熙二年（1175）中秋在临安（今杭州）观钱塘潮时所作。要能深入理解此词的含义，须先明白其写作背景以及叶衡其人的政治面貌。此前一年叶衡自建康被召入朝，先任参知政事（副相），后为右丞相兼枢密使。本年辛弃疾因叶衡力荐，也入朝为仓部郎官。中秋他们同在钱塘江观潮，辛弃疾因作此词上呈叶衡。叶衡在南宋官场中是一位力主抗金并较有作为的人，《宋史》本传称其

"负才足智，理兵事甚悉"。他早就很赏识辛弃疾，及其为相，就向孝宗皇帝力荐弃疾"慷慨有大略"，使之得以入朝为仓部郎官，后又荐为提点江西刑狱。叶衡可以说是辛弃疾的恩人和事业上的知己。但在那昏暗的南宋朝廷中，叶衡未能稍安于位。就在这次中秋观潮之后不到一个月，叶衡即因汤邦彦的攻讦而被罢相，流放到郴州。次年汤邦彦使金辱命，被贬岭南，叶衡才得以奉诏自便，回到杭州。由此可知，作者写此词时，以叶衡为首的抗战派正处于被打击迫害的危境之中。词中所抒之情，与这一特定背景密切相关。俞陛云《唐五代两宋词选释》推测其作意云："词为上叶丞相而作，其蒿目时艰，意有所讽耶？"差为近之，可惜说得太笼统，让我们略加分析。

此词为即景抒情之作，大致用上片写所见，下片写所感的常格结构成篇。上片极写潮水涌起时的壮观及其种种生动的景象，而又分为两个层次：先用一系列妙趣横生的比喻凸显潮水的惊天动地之势，后以纪实之笔描述弄潮儿艺高胆壮、风波平步的水面表演。对"吴儿"雄姿的赞美，间接地流露出作者对东南一带军民中蕴藏的巨大力量的钦佩与信任，以及对南宋军民最终能够战胜貌似强大的金人的信心。词的下片，由潮水的涨落起兴，联系"潮神"伍子胥的悲惨故事，寄寓了作者对叶衡的同情、理解和自己对现实的愤恨与牢骚。这是全篇主旨所在。作者发思古之幽情，完全是为了以古喻今，抨击现实。"堪恨"二句，简括地叙写伍子胥忠而见疑，被迫自杀，冤魂千年不散的故事，主观感情色彩极为浓烈。从"堪恨"、"怨愤"两个感情毕露的词，可以倾听到作者借古人的遭遇吐露自己怨气的心声。"功名自误"一句，是议论，也是言情，表现出作者由于叶衡和包括自己在内的抗战派的不利处境而引起的牢骚。末三句以范蠡的故事作结，实际上是表露了对叶衡的遭遇的深切同情，和自己对报国有心而仕途多艰的现状的忧虑。

菩萨蛮

书江西造口壁¹

郁孤台下清江水²，中间多少行人泪。西北望长安，可怜无数山³。　青山遮不住，毕竟东流去⁴。江晚正愁余⁵，山深闻鹧鸪⁶。

【注释】

1　造口：即皂口。在今江西万安县西南六十里，有皂口溪，溪水自此入赣江。

2　郁孤台：在今江西赣州市西南。在唐宋时代，这里是登台览景的名胜。宋王象之《舆地纪胜》"江南西路赣州"："郁孤台……隆阜郁然，孤起平地数丈，冠冕一郡之形胜，而襟带千里之山川。"清江：指赣江。

3　"西北"二句：化用杜甫《小寒食舟中作》诗："云白山青万馀里，愁看直北是长安。"及北宋刘攽《九日》诗："可怜西北望，白日远长安。"长安本为汉唐故都，这里用以代指北宋故都汴京（今河南开封）。可怜，可惜。

4　"青山"二句：化用北宋陈师道《送何子温移亳州》诗："关山遮极目，汴泗只东流。"

5　愁余：使我发愁。余，我。语本屈原《九歌·湘夫人》：“目眇眇兮愁予。”苏轼《和邵同年戏赠贾秀才》诗：“烟波渺渺正愁予。”

6　鹧鸪：鸟名。古人说它的叫声像是说“行不得也哥哥”。这里暗指时事艰难。

【解读】

此词为淳熙三年（1176）作者任江西提点刑狱时所作。这是辛词中最负盛名的代表作之一。其上片从忆旧发端，以江水起兴，极写四十多年前金兵侵犯赣西南时给人民带来的巨大苦难，以江水之滔滔流不尽象征民族苦难之深。三、四两句笔锋一转，直指当前中原沦陷、偏安危局依旧的可悲现实，并表达了作者对北方的深切怀念。下片即景抒情，一方面写江水冲破重重山岭的阻拦，依旧浩浩东流，令人向往；一方面写黄昏深山里的凄凉之景，以鹧鸪之鸣暗示时局的艰难。《菩萨蛮》这个词牌，自晚唐五代以来一直是人们用来抒写儿女柔情或小事小景的短调，作者却用它来写大题材，发大感慨，其宏大的艺术气魄令人叹服。明人卓人月《古今词统》赞其“忠愤之气，拂拂指端”；近人梁启超更评论说：“《菩萨蛮》如此大声镗鞳，未曾有也。”（《艺蘅馆词选》引）道出了此词思想艺术上的特点。

满江红

汉水东流，都洗尽、髭胡膏血[1]。人尽说、君家飞将[2]，旧时英烈。破敌金城雷过耳[3]，谈兵玉帐冰生颊[4]。想王郎、结发赋从戎[5]，传遗业[6]。　　腰间剑，聊弹铗[7]。尊中酒，堪为别。况故人新拥，汉坛旌节[8]。马革裹尸当自誓[9]，蛾眉伐性休重说[10]。但从今、记取楚台风[11]，庚楼月[12]。

【注释】

1　髭（zī 资）胡：指金朝统治者。髭，男子嘴边的胡须。金男子喜留髭胡，故以此代称他们。

2　飞将：指西汉初年名将李广。李广（？—前119），陇西成纪（今甘肃秦安）人。据《史记·李将军列传》："（李）广居右北平，匈奴闻之，号曰汉之飞将军，避之数岁，不敢入右北平。"后遂以"飞将"代指守边有功、令敌人害怕的将领。唐王昌龄《出塞》诗："但使卢城飞将在，不教胡马度阴山。"

3　金城：汉代郡名，辖今甘肃兰州、青海西宁一带。这里泛指当时西北边疆。李广曾任陇西太守，在这一带与匈奴作战。雷过耳：名声如雷贯耳。

4　"谈兵"句：是说"王郎"家的祖辈曾在中军帐

中谈论军事，议论非常透辟，使人听了如冰生双颊，感到十分爽利痛快。这是化用苏轼《寄高令》诗："论极冰霜绕齿牙"及其《浣溪沙》词："论兵齿颊带风霜。"玉帐，古代军中主将的大帐。金城、玉帐，语本北齐颜之推《观我生赋》："守金城之汤池，转绛宫之玉帐。"

5　"想王郎"二句：三国时王粲有大才，因中原大乱，他到荆州避难，后投曹操，随军西征汉中张鲁，写了《从军诗》五首美其事。宋代江陵府即汉荆州故地，作者在这里送别将去汉中的友人，故将其比作王粲。结发，古代男子二十岁开始束发，表示成年。赋，写。从戎，从军。

6　传遗业：继承先祖的事业。

7　"腰间"二句：战国时，齐国孟尝君门下的食客冯谖因为不受重用，就弹铗作歌，表示不满。这里作者自比冯谖，抒发不得志的牢骚。铗（jiá 荚），佩剑。

8　"汉坛"句：汉高祖刘邦曾在汉中筑坛拜韩信为大将。这里借指朋友被委任为汉中地区的重要官员。旌节，唐宋时代皇帝授予节度使令其专制军事的旗帜和竹节。

9　马革裹尸：据《后汉书·马援传》，东汉名将马援曾发愿说："男儿要当死于边野，以马革（马皮）裹尸还葬耳，何能卧床上在儿女子手中耶？"这里勉励朋友到前线立功，奋不顾身。

10　蛾眉伐性：汉代枚乘《七发》中说："皓齿蛾眉，命曰伐性之斧。"意谓贪恋美色就会摧残性命。这里告诫朋友不要贪恋女色。蛾眉，代指女子。

11 楚台：即兰台，春秋时楚王所筑，战国时楚襄王曾同宋玉在此迎风披襟。故址在今湖北江陵。

12 庾楼：即武昌黄鹤山上的南楼。东晋初庾亮曾与他的部下一同登此楼赏月吟诗，故称庾楼。这里作者连举两个荆州名胜，意在希望朋友离去之后，不要忘记荆州这个地方。

【解读】

此词作于淳熙四年（1177），当时作者正在江陵知府兼湖北安抚使（荆湖北路的军政长官）任上。从词中多用李广事这一点来看，此词应是有一位李姓朋友被调去汉中前线担任军事要职，作者在江陵为他饯行时所作。词的上片，赞扬李姓朋友的家世和他本人的抱负才干，借以表达作者对金人强占中原的仇恨，以及收复失地的强烈愿望。一开头就以滚滚东流的汉水起兴，希望它能将被敌人污染的祖国大地冲洗干净。接下来通过对古代抗敌英雄的歌颂和对其奋发有为的后裔的期许，实际上表达了作者自己以武力收复失地的主张。下片则抒写作者看到友人上前线而自己却不得重用的苦闷心情，并勉励友人为国忘家，义无反顾。作者先用"弹铗"一典，表明自己的心事，接着就排开个人的不得意情绪，重新昂起头来雄声高唱，以"马革裹尸当自誓，蛾眉伐性休重说"的豪语勉励友人同时也自勉，这就一下子提升了全词的思想境界，使本篇成了一曲南宋爱国武士的颂歌。

霜天晓角

旅 兴

吴头楚尾[1]，一棹人千里[2]。休说旧愁新恨，长亭树，今如此[3]！　　宦游吾倦矣[4]，玉人留我醉[5]。明日落花寒食，得且住，为佳耳[6]。

【注释】

1　"吴头"句：见前《声声慢》（征埃成阵）注。作者这时正离开豫章（今江西南昌）东行，路过古吴楚交界之地，故又说"吴头楚尾"。

2　棹（zhào 照）：一种划船的用具，形状和桨差不多，这里代指船。

3　树今如此：用东晋桓温语，感叹光阴消失，人空老大。见前《水龙吟·登建康赏心亭》"树犹如此"注。

4　宦游：外出求官、做官。

5　玉人：美人。

6　"明日"三句：化用晋人帖："天气殊未佳，汝定成行否？寒食近，且住为佳尔。"寒食，节令名，见前《满江红·暮春》"清明寒食"注。又，唐韩偓《寒食雨》诗："正是落花寒食雨，夜深无伴倚空楼。"

【解读】

这首旅途即兴之作写于淳熙五年（1178）春。当时作者在江西安抚使任上被召赴临安担任大理寺少卿，正取水路东进。上片写旅途的感触。首句点明旅行所经之地，次句感叹旅途遥远。为什么会产生感叹？因为对眼下所经过的"吴头楚尾"之地，他并不陌生。南归十七年来在宦途上不断地被统治者东迁西调，这次奉调入京，旧景又触目而至，自然会牵动他的心事。下面的"休说"三句，就回答了为什么感叹和感叹什么的问题：观旧景，怀往事，则旧恨新愁，一起涌上心头；尤其是看到长亭边的树已经长大长粗，怎不令人油然而生桓温似的"树犹如此，人何以堪"的悲哀！下片由这种牢骚情怀引出厌倦做官，想流连光景，获得某种精神慰藉的念头。采取的是一气直下，直抒胸臆的写法。需要注意的是，这里表露的不过是一种"急性"发作的退隐心愿而已，并不代表作者一贯的思想。整首词所抒写的，是志士的牢骚，志士的苦闷，切不可作为一般士大夫的那种闲愁来看待。

念奴娇

书东流村壁[1]

野棠花落[2]，又匆匆过了，清明时节[3]。划地东风欺客梦[4]，一枕云屏寒怯[5]。曲岸持觞[6]，垂杨系马[7]，此地曾经别。楼空人去，旧游飞燕能说[8]。　　闻道绮陌东头[9]，行人曾见，帘底纤纤月[10]。旧恨春江流不尽[11]，新恨云山千叠。料得明朝，尊前重见[12]，镜里花难折[13]。也应惊问：近来多少华发[14]？

【注释】

1　东流村：指东流县境内的某村。东流县，即今安徽省东至县，靠近长江边。

2　野棠花：即棠梨花，白色，长江流域野生极多。沈约《早发定山》诗："野棠开未落，山英发欲然。"

3　"又匆匆"二句：此二句连同首句，脱胎于李煜《乌夜啼》词："林花谢了春红，太匆匆，常恨朝来寒雨晚来风。"

4　划（chǎn产）地：无端地，平白无故地。欺客梦：犹言惊客梦。

5　云屏：云母装饰的屏风。寒怯：怯寒，害怕寒冷。

6　曲岸：弯曲的江岸。持觞：举杯。

7　"垂杨"句：化用苏轼《渔家傲·感旧》词："垂杨系马恣轻狂。"

8　"楼空"二句：苏轼《永遇乐》词写唐代名妓关盼盼与张建封恋爱的故事，其中有"燕子楼空，佳人何在，空锁楼中燕"之句。这里化用苏词句意，以抒怀旧之情。

9　闻道：听说。绮陌：美丽的街道。

10　纤纤月：喻美人。唐宋词中多有用月喻美人的，如韦庄《菩萨蛮》："垆边人似月，皓腕凝霜雪。"纤纤，细长的样子，喻美人身段。有人认为纤纤月喻美人足，也可通。

11　"旧恨"句：化用李煜《虞美人》词："问君能有几多愁？恰似一江春水向东流。"

12　尊前：酒杯前。指宴会上。

13　"镜里"句：镜中之花是一个空幻的形象，这里比喻难以再接近那人。黄庭坚《沁园春》词："镜里拈花，水中捉月，觑着无由得近伊。"

14　"也应"二句：暗用苏轼《念奴娇》词："多情应笑我，早生华发。"华发，花白头发。

【解读】

这是辛弃疾所写的一首寓意哀婉深曲的爱清词。大约是淳熙五年（1178）春天，作者自江西奉召赴杭州任大理寺少卿，乘船东行，路经东流县时的作品。作者在此地似乎有过一段恋爱经历，如今旧地重游，景物依旧，而伊人已杳无踪迹，因此不胜今昔之悲，提笔抒写怀人之情。上片开头四句，写景十分清秀轻灵，景中已含悲凄之意。"曲岸"五句，开始回忆旧事，情思哀婉，意境真切。下片承此而来，追怀那位曾与作者有过一段浪漫恋情的美人，旧恨新愁，一时毕集。迭用比喻，以见旧恨之绵长与新愁之浓重。辛弃疾作词，向以刚大之气与豪健之笔见长，这首词却将百炼钢化为绕指柔，生动地表现了作者丰富的心灵世界的另一面。恰如俞陛云《唐五代两宋词选释》所评："以幼安之健笔，此曲化为绕指柔矣。"本篇明显的是一首爱情词，但不少评论家猜测其中有政治寄托，有人甚至坐实它是寄寓辛弃疾的"南渡之感"（梁令娴《艺蘅馆词选》引梁启超语）。我们认为，伟丈夫、大英雄也有儿女情长的一面，此词的主旨，的确是写爱情，篇中未见刻意寄托的痕迹。但词中描写的好景难再来的悲剧，的确又有某种象征意义，能引起读者的某种联想。我对这个现象的解释是，从具体的写作时地来看，作者是在感旧怀人，主观上并不一定会想到要借题发挥去另搞寄托，但作者南渡十多年来政治事业一直不顺利，心中有块垒，在写爱情词时可能情不自禁地将身世家国之感也流露于其中了。

鹧鸪天

送　人

　　唱彻阳关泪未干¹，功名馀事且加餐²。浮天水送无穷树，带雨云埋一半山³。　　今古恨，几千般，只应离合是悲欢⁴？江头未是风波恶，别有人间行路难⁵。

【注释】

　　1　唱彻：唱完。阳关：指送别的歌曲。

　　2　馀事：次要的事情。加餐：为"努力加餐"的省语，保重身体的意思。《古诗十九首》其一："捐弃勿复道，努力加餐饭。"

　　3　"浮天"二句：语本唐许浑《呈裴明府》诗："江村夜涨浮天水"及杨徽之《嘉阳川》诗："带雨云归越隽州。"浮天水，形容水势很大，水天相连。

　　4　"只应"句：这是一个反问句，意为：难道只有离别才使人悲哀，聚会才使人欢乐吗？离合悲欢，语本苏轼《水调歌头》词："人有悲欢离合，月有阴晴圆缺，此事古难全。"

　　5　"江头"二句：唐刘禹锡《竹枝词》："瞿塘嘈嘈十二滩，人言道路古来难。长恨人心不如水，等闲平地起波澜。"白居易《太行路》诗:"行路难,不在水,不在山,只在人情反复间。"此综合用其意。

【解读】

这首送别词实际上是一首含义很深的社会人生哲理词。但它不是干巴巴地讲道理和发议论,而是通过比拟象征和景物描写来表达自己的思想。其作意大略如俞陛云《唐五代两宋词选释》所云:"此阕写景而兼感怀,江树则尽随水远,好山则半被云埋,人生欲望,安有满足之时。况世途艰险,过于太行、孟门,江间波浪,未及其险也。"需要补充说明的是,由于辛弃疾是一个热衷政治功业的人物,因此本篇所抒发的感慨和所说的道理仍主要是在社会政治方面,其"人间行路难"主要是指在社会政治生活中遇到的艰难险阻。因此他写送别而不沾滞于送别,写友情而不为友情所囿,而是从私人之间的离愁别恨引出家国之深仇大恨,从自然界的风波而联想到政坛上的风波,以旅途的艰难来暗示抗战派人士斗争之艰难。这就使所抒之情超越了个人的狭小圈子,提升了词的思想境界,使之具备了喻示社会人生大道理的品格。

水调歌头

舟次扬州[1]，和杨济翁、周显先韵[2]。

落日塞尘起[3]，胡骑猎清秋[4]。汉家组练十万[5]，列舰耸层楼[6]。谁道投鞭飞渡[7]，忆昔鸣髇血污，风雨佛狸愁[8]。季子正年少，匹马黑貂裘[9]。　今老矣，搔白首，过扬州[10]。倦游欲去江上[11]，手种橘千头[12]。二客东南名胜[13]，万卷诗书事业，尝试与君谋。莫射南山虎[14]，直觅富民侯[15]。

【注释】

1　次：停留。扬州：即今江苏扬州市。

2　杨济翁：名炎正，江西吉水人，诗人杨万里的族弟。周显先：字里，生平不详。

3　塞尘起：指边境发生了战事。塞，边塞，边疆。

4　胡骑：北方少数民族统治者的骑兵。这里指金兵。猎清秋：趁凉爽的秋天发动战争。猎，打猎，借指发动战争。清秋，凉爽的秋天。古时北方游牧部落的军队常趁秋高马肥侵扰南方。这两句指绍兴三十一年（1161）金主完颜亮带兵南侵。

5　汉家：代指南宋朝廷。组练：指军队，见前《摸鱼儿·观潮上叶丞相》"组练"注。

6 "列舰"句：指南宋水军高大的楼船。层楼，高楼。

7 投鞭飞渡：东晋时，前秦苻坚举兵南侵，号称大军九十万，他夸口说："以吾之众，投鞭于江，足断其流。"（《晋书·苻坚载记》）这里借以讽刺完颜亮侵宋时的嚣张气焰。

8 "忆昔"二句：指完颜亮侵宋失败，自身被部下杀死的事。鸣髇（xiāo 消），即鸣镝，古时匈奴人用的一种响箭，射时发声。西汉时，匈奴头曼单于的太子冒顿对其部下说："如果我用鸣镝射谁，不跟着我射的，就要被处死。"后来他随父打猎，以鸣镝射头曼，部下也跟着射，射死了头曼单于（见《史记·匈奴列传》）。血污，指死于非命。佛狸，北魏太武帝拓跋焘的小名。他南侵受挫，回去后被部下杀死。这里用此二典，借指完颜亮采石矶战败后被部下杀死。

9 "季子"二句：战国时策士苏秦字季子，曾游说六国，使合纵抗秦，佩六国相印。这里作者以苏秦自喻，说明当年自己趁完颜亮之死在北方起兵抗金，像苏秦一样南北奔走，年轻有为。黑貂裘，苏秦开始游说诸侯时所穿的衣服。

10 过扬州：这里是"又过扬州"之意。扬州既是完颜亮兵败被杀之地，又是当年辛弃疾奉表渡江归宋时经行的一道重要关口，那段经历他终生难忘，直到晚年在镇江作词时，还说："四十三年，望中犹记，烽火扬州路。"

11　"倦游"句：倦于宦游，不想做官了，要隐遁江湖。

12　"手种"句：意谓隐居后想以耕种为生。种橘，典出《襄阳耆旧传》："李衡为丹阳太守，遣人往武陵龙阳氾洲上作宅，种橘千株。临死，敕儿曰：'吾州里有千头木奴，不责汝食，岁上匹绢，亦当足用耳。'"

13　"二客"句：是称赞杨、周二人为江南名士。名胜，作名士、名流解。

14　"莫射"句：意谓不要再从军。据《史记·李将军列传》载，李广为右北平太守时，曾射杀猛虎；罢官闲居蓝田南山时，把石头错认为虎，发箭中石没镞。

15　"直觅"句：汉武帝晚年悔征伐之事，封丞相为富民侯。这里表面上是叫朋友去追求一品太平宰相的官职，实际上是感叹南宋朝廷大敌当前却偃武修文。

【解读】

绍兴三十一年（1161）金主完颜亮大举南侵，一度占领扬州，以它作为渡江基地，妄图一举吞灭南宋。南宋军民奋起抗敌，采石矶一战大败金军，完颜亮也被部下所杀。趁此大好时机，年轻的辛弃疾在济南起兵抗金，开始了他的政治、军事生涯。转眼间十七年过去了，淳熙五年（1178）作者"舟次扬州"，在这个对于国家和他本人都有纪念意义的地方不禁抚今追昔，写下了这首感慨很深的抒情词。上片满怀豪情地追忆十七年前的旧事。这可分为两个层次。第一层，从开头到"风雨佛狸愁"，共七句，以简括而形象的描写，热烈而奔放的笔调，歌颂了当年宋军大败金兵的英雄业绩。第二层即"季子"二句，写作者自己在金兵败退的大好形势下，如何英姿飒爽地投入了战斗。下片转入当前，写时光流逝，事业无成的一种无可奈何的悲愤心情。也可分为两个层次。前五句为第一个层次，写英雄失路的悲哀。尤其"搔白首"一语，看似平淡，实含深悲。这是暗用杜甫《梦李白》诗中"出门搔白首，若负平生志"的句子，感叹自己大业未成。"二客"句到结尾是第二层次，转入本词题面，对杨、周二人说话，但目的是承上失意叹恨之绪，发自己的牢骚。末二句从表面上看是对朋友的劝勉之语，但其意思应该反过来理解，它实际上是指斥宋廷放弃北伐，苟且偷安，偃武修文的错误方针和卖国行径。这就是全篇主旨所在。

满江红

江行，简杨济翁、周显先[1]。

过眼溪山，怪都似、旧时曾识。还记得、梦中行遍，江南江北[2]。佳处径须携杖去[3]，能消几緉平生屐[4]？笑尘劳、三十九年非[5]，长为客。　　吴楚地，东南坼[6]。英雄事，曹刘敌[7]。被西风吹尽，了无尘迹。楼观才成人已去[8]，旌旗未卷头先白[9]。叹人生、哀乐转相寻[10]，今犹昔。

【注释】

1　简：书信。这里作动词用，"寄"的意思。杨济翁、周显先：见前《水调歌头》（落日塞尘起）注。

2　"还记得"三句：作者觉得往事如梦，故把往事当成梦来回忆。这是慨叹之语。

3　径须：直须，简直应该。

4　"能消"句：我这一生还能再消耗多少双鞋呢？此句典出《世说新语·雅量》：阮遥集（孚）喜爱木屐，曾叹息说："未知一生当着几量屐"。緉（liàng 亮），一双。屐（jī 基），六朝人登山用的有齿木鞋。

5　尘劳：风尘劳碌。三十九年非：《淮南子·原道训》上说，春秋时卫国大夫蘧（qú 渠）伯玉"年五十而知四十九年之非"。作者时年三十九岁，故这里套用之。王安石《省中》诗："身世自知还自笑，悠悠三十九年非。"又孔子有"四十不惑"之说。

6　"吴楚地"二句：杜甫《登岳阳楼》诗："吴楚东南坼"，是说吴、楚被划为东南两方。此处借写沿长江而行所见东南一带的美景。

7　"英雄事"二句：据《三国志·蜀书·先主传》，曹操曾对刘备说："今天下英雄，唯使君与操耳。"这里借古喻今，暗含当代无英雄之叹。敌，对手，这里暗指三国时曾在江南称雄的孙权。

8　"楼观"句：化用苏轼《送郑户曹》诗："楼成君已去，人事固多乖。"

9　旌旗未卷：战事结束后该把战旗卷起来收藏，这里说"未卷"，表示战事尚未结束，即恢复大业还未完成。

10　转相寻：辗转循环。

【解读】

此词是淳熙五年（1178）秋天作者从临安去湖北的旅途中写了寄给杨炎正、周显先二位友人的。黄升《花庵词选》录此词，题作"感兴"，恐系选者另加，但这的确是一首触景兴感的抒情之章。词的上片写自己因半生蹉跎而产生的对游宦生活的厌倦情绪。开头六句，叙船行旧地，觉往事如梦，由此而产生无穷感慨。接下来"佳处"二句，更明显地流露出厌倦官场，要遁入山水以求解脱的思想动向。"笑尘劳"二句，哀叹自己漂泊异乡，一事无成，身世之感十分浓重。这里的"笑"，是苦恼人的自嘲自笑；而"非"也并不是说自己活了三十九年居然一无是处，只是表示对于现实社会不允许自己施展才能和实现理想这一点想不通。下片通过缅怀历史英雄的赫赫业绩，表露自己"旌旗未卷头先白"的矛盾心情。"吴楚"四句，面对江南美景，不禁想起历史上在这片土地上叱咤风云的英雄人物孙权。孙权承父兄遗业，割据和经营江南六郡八十一州，成就了几十年的霸业，令魏、蜀二国不敢小觑，他的雄才大略，只有并世而立的曹操和刘备堪与匹敌。作者言下之意是，在南北分裂、南宋积弱不振的时候，能有个像孙权一样奋发有为的皇帝该多好啊！但他知道这是空想。于是发为下两句的浩叹：往古英雄及其业绩，早已"被西风吹尽，了无尘迹"！又往下的二句，则转回自己身上来，感叹大业未成，自己却衰老了。这一年作者才三十九岁，头未必就白了，作此夸张之语，无非是表现其被时光催迫而产生的焦虑心态。作者无以自解忧烦，只好在结尾用哀乐循环、古今一例的说法来舒缓一下自己的痛苦心灵。本篇用的是豪放的词调，但写出来的却是低回婉转的哀情，恰如俞陛云《唐五代两宋词选释》所评："《满江红》词易于纵笔，以稼轩之才气，更如阵马风樯，但豪放则易近粗率，此作独疏爽而兼低徊之思。"

摸鱼儿

淳熙己亥[1]，自湖北漕移湖南[2]，同官王正之置酒小山亭[3]，为赋。

更能消、几番风雨[4]，匆匆春又归去。惜春长怕花开早，何况落红无数[5]。春且住，见说道、天涯芳草无归路[6]。怨春不语。算只有殷勤[7]，画檐蛛网[8]，尽日惹飞絮[9]。　　长门事[10]，准拟佳期又误。蛾眉曾有人妒[11]。千金纵买相如赋，脉脉此情谁诉[12]？君莫舞，君不见、玉环飞燕皆尘土[13]！闲愁最苦。休去倚危栏[14]，斜阳正在，烟柳断肠处[15]。

【注释】

1　淳熙己亥：即宋孝宗淳熙六年（1179）。

2　自湖北漕移湖南：作者由湖北转运副使调任湖南转运副使。漕，漕司，宋代称转运使为漕司，省称漕。

3　同官王正之：王正之，淳熙六年任湖北转运判官，与辛弃疾为同僚，故称同官。小山亭：亭名。据宋王象之《舆地纪胜》记载，该亭在鄂州（今湖北武汉市）湖北转运副使衙门院内。

4　消：经受。

5　落红：落花。

6　见说道：听说是。芳草无归路：化用苏轼《点绛唇》词："归不去，凤楼何处？芳草迷归路。"

7　算：算起来，看来。

8　画檐：雕饰华美的屋檐。

9　惹：粘住。

10　长门事：据《文选·长门赋序》，汉武帝的皇后陈氏先得宠幸，后来失宠，被幽闭于长门宫。陈皇后听说司马相如善写辞赋，就用黄金百斤请他写了一篇《长门赋》。相如将此赋献给武帝，武帝读了很受感动，于是陈皇后重新得宠。下文"千金买赋"亦指此事。

11　"蛾眉"句：语本屈原《离骚》："众女嫉予之蛾眉兮，谣诼谓予以善淫。"蛾眉，代指美女。

12　脉脉：含情不语的样子。

13　玉环飞燕：玉环，指唐玄宗最宠爱的妃子杨玉环。安禄山叛乱，玄宗西逃，在马嵬坡缢死了杨玉环。飞燕，指汉成帝宠爱的皇后赵飞燕。她失宠后被废为平民，自杀而死。皆尘土：指杨玉环、赵飞燕都死于非命，一切都落空。

14　危栏：高楼的栏杆。

15　断肠：形容极度伤心。

【解读】

这是辛弃疾最负盛名的代表作之一。通篇借春天的衰残来寄托作者哀时怨世的情怀，表示了对南宋偏安政局的深切忧虑和悲愤。上片以春天即将逝去的花残叶败的景象，喻示宋朝南渡后不能有所振作的危弱局势；下片连用典故，以比喻象征的手法，侧重描写和遣责偏安的小朝廷里竟还有许多妒宠争妍的丑态，感叹南方士大夫茫茫然不知劫后湖山已成残局，弄不好则无论此时得意失意都将同归于尽。词的结尾用唐人李商隐《北楼》诗"轻命倚危栏"的句意，写出一片斜阳烟柳的凄迷黯淡景象，让人感到真是愁到极处，也就是危险到了极处。传说宋孝宗读了此词"颇不悦"（罗大经《鹤林玉露》甲编卷一），可见它的确刺着了南宋当局的痛处。这首词的写作手法和风格面貌，让人联想到了屈原的《离骚》。论者指出，"此词颇似屈子《离骚》，盖谗谄害明，贤人失志，为古今所同慨也。"（刘永济《唐五代两宋词简析》）它与《离骚》相似之处就在于都是用美人香草的比兴手法来抒写政治牢骚。此词风格偏向柔美一路，但它与一般写儿女柔情和风月闲愁的婉约词大有不同，是一种"摧刚为柔"的特殊风格。作者以阳刚雄豪之气驱遣一系列美人香草的柔美意象，组织成温婉缠绵的精丽词章，将政治上的难言之隐尽兴宣泄出来，这比一般粗豪直露之作更具艺术感染力。

木兰花慢

席上送张仲固帅兴元[1]

汉中开汉业[2]，问此地，是耶非？想剑指三秦[3]，君王得意，一战东归。追亡事，今不见[4]，但山川满目泪沾衣[5]。落日胡尘未断[6]，西风塞马空肥[7]。　　一编书是帝王师[8]，小试去征西[9]。更草草离筵，匆匆去路，愁满旌旗。君思我，回首处，正江涵秋影雁初飞[10]。安得车轮四角[11]，不堪带减腰围[12]。

【注释】

1　张仲固：张坚，字仲固，作者之友，淳熙六年秋由江西转运判官调任兴元知府。帅：宋代地方军政长官的通称。这里作动词用，意思是去那里做长官。兴元：原为汉中郡，唐代改为兴元府，府治在今陕西汉中市。

2　"汉中"句：秦朝灭亡后，项羽封刘邦为汉王，管辖今汉中及四川北部一带。后来刘邦以汉中为基地，东向伐楚，终于打败项羽，成就了帝业。

3　剑指三秦：指刘邦占领三秦地区的事。项羽灭秦后，将原秦国地划为三块，分封给秦的三个降将，称为三秦。后来刘邦东征，先灭掉三秦。

4 "追亡事"二句：指萧何追韩信事。韩信初归刘邦，不受重用，愤然离去，萧何得知后，连夜将韩信追回。之后刘邦采纳萧何的建议，拜韩信为大将，终于打败了项羽，夺取了全国政权。事见《史记·淮阴侯列传》。这里是感叹这种爱惜人才的事当代已经没有了。

5 "但山川"句：化用唐李峤《汾阴行》诗："山川满目泪沾衣，富贵荣华能几时？"

6 胡尘：指前线地区金兵所掀起的战事。

7 "西风"句：秋高马肥，正是用兵的时候，可是南宋政府却采取苟安之策，不准备北伐，故说"塞马空肥"。塞马，指南宋边防军的战马。

8 "一编"句：据《史记·留侯世家》记载，刘邦的谋臣张良少年时经过下邳（今江苏邳县）圯（yí 宜）桥，桥上一位老人拿出一编（部）书送给他（此书即《太公兵法》），告诉他读了此书就能成为"王者师"（帝王的军师）。这里是希望张坚施展才能为国立功。

9 小试：小试锋芒，牛刀小试。这是称赞张坚有非凡才能，完全能胜任汉中帅的职务。

10 "正江涵"句：化用唐杜牧《九日齐山登高》诗："江涵秋影雁初飞，与客携壶上翠微。"借以展现送别时的环境氛围。

11 "安得"句：化用唐陆龟蒙《古意》诗："愿得双车轮，一夜生四角。"车轮上长角，车就开不动了。这是希望行人不要走的意思。

12　不堪：忍受不了。带减腰围：指人瘦了。语本《梁书·昭明太子传》："及（丁贵嫔）薨，（萧统）步从丧还宫，至殡，水浆不入口，每哭则恸绝。……体素壮，腰带十围，至是减削过半。"说的是昭明太子萧统因母亲去世而悲伤过度，人也变瘦了。杜甫《伤秋》诗："懒慢头时栉，艰难带减围。"

【解读】

友人升官，酒宴饯行，即席赋诗填词赠别，这本属一般的应酬。但因友人所要去的汉中，是当时南宋抗金的西北前哨所在，又恰好是汉高祖刘邦据以东征夺取中原的根据地，于是作者被触动了满腹心事，此词也就成了借他人杯酒浇自己胸中块垒的政治抒情词。词的上片，经过三层转折，把作者对现实的不满宣泄得淋漓尽致。第一层为开头六句，以汉中地区不平凡的历史来反衬当前的局势。汉中是刘邦开创帝业的基地，当初实力远比项羽弱小的刘邦，就凭汉中这一隅之地，敢图大业，终于东征成功，完成了统一全国的历史任务。这与南宋皇帝偏安江南，不图恢复，坐使金人侵吞半个中国恰恰形成鲜明的对照。接下来"追亡"三句为第二层，目的是点明今不如昔：当初萧何为了统一大业，爱重人才，为刘邦追回了韩信；如今朝廷排斥包括辛弃疾在内的许多栋梁之材，爱惜人才的事已经看不到了，看到的只是山河破碎，志士落泪！第三层为上片末二句，直指边关的现实——敌人不断侵扰，而朝廷却不敢言战，让战马空肥。下片方转到送别的题面，但又不单单是写惜别之情，内容上仍与上片相通。过片二句，以张良辅佐刘邦为喻，希望友人到了汉中以后能有所建树，这仍与上片之意相承接。以下方全力抒写送行者与行者之间的依依不舍之情。作者一往情深地写出了他与另一位爱国人士惜别的情景，词意非常缠绵委婉。由此也侧面反映出他们的情谊不是区区私情，而是抗战爱国者的同志之谊。这既紧扣了题面，又呼应了上片之意。

阮郎归

耒阳道中为张处父推官赋[1]

山前灯火欲黄昏，山头来去云。鹧鸪声里数家村，潇湘逢故人[2]。　　挥羽扇，整纶巾[3]，少年鞍马尘。如今憔悴赋招魂[4]，儒冠多误身[5]。

【注释】

1　耒（lěi 磊）阳：县名，今属湖南。宋代属衡州，隶属于荆湖南路。张处父推官：其人生平不详。从两人共忆"少年鞍马尘"的情况来看，此人可能是作者在山东抗金时的战友。推官，官名，为州郡所属的助理官员。

2　"潇湘"句：化用南朝梁柳恽《江南曲》："洞庭有归客，潇湘逢故人。"潇湘，潇水、湘水在湖南零陵合流后称潇湘。这里指耒阳一带。

3　羽扇纶巾：这是儒将的打扮。《三才图会》："诸葛巾，一名纶巾。诸葛武侯尝服纶巾，执羽扇，指挥军事。"此处作者自指。

4　憔悴：瘦弱而精神不振的样子。招魂：本楚辞篇名，这里借指自己失意彷徨，魂魄似乎离散了，要招回来。

5　"儒冠"句：化用杜甫《奉赠韦左丞丈二十二韵》

诗："纨袴不饿死，儒冠多误身。"意谓读书的生涯害了人。

【解读】

　　这首词是淳熙六年或七年（1179、1180）作者任湖南安抚使时，因按视州县而忽逢故友所作。上片写他在凄凉的黄昏旅途中巧遇故人的情景，语言简练，笔触清疏，对特定环境的描绘和渲染十分生动。下片为一篇之中心，写他同老朋友一起回忆青年时代抗击金兵的战斗生活，表现了对目前不得志状况的强烈不满。过片三句，借前人描写儒将风度的用语来表现自己当年的飒爽英姿，并用"少年鞍马尘"五字概括了自己往日的军旅生涯——那令人终生难忘的一段战斗历程。结尾二句，由忆昔转入抚今，文意陡折，发出英雄失意的牢骚。但这种牢骚不是颓唐低徊的，而是表现了一种稼轩式的倔强与执著。他在愤慨中不是发誓"远游"，而是要自己"招魂"，也就是要找回自己的主观战斗精神，继续直道而行，九死不悔，等待时机，有所作为。所以此词凄凉中含悲壮，沉郁中有慷慨，读之并不令人消沉，而是教人奋起。

满江红

敲碎离愁，纱窗外、风摇翠竹¹。人去后，吹箫声断，倚楼人独。满眼不堪三月暮²，举头已觉千山绿³。但试把、一纸寄来书，从头读。

相思字，空盈幅⁴；相思意，何时足。滴罗襟点点，泪珠盈掬⁵。芳草不迷行客路，垂杨只碍离人目⁶。最苦是、立尽月黄昏，栏干曲。

【注释】

1 "风摇"句：化用秦观《满庭芳》词："风摇翠竹，疑是故人来。"

2 不堪：不能经受。

3 "举头"句：化用李贺《河南府试十二月乐词》："千山浓绿生云外。"

4 盈幅：满纸，满篇。

5 盈掬（jū 居）：就是俗语说的"满把"。掬，用手捧。这里形容泪水多。

6 碍：遮隔。

【解读】

铮铮铁汉也有温婉多情的一面。在这首代言体的闺怨词里，作者以一个丈夫远行、独守空房的女子作为抒情主人公，细致曲折地表现了她孤单寂寞的生活和伤离念远的情绪。一开头三句，写情就极细。主人公正在空闺里发呆，忽然纱窗外一阵风过，摇响翠竹，声声敲击耳鼓，搅动了她满腹的离愁。这里是暗用南唐李璟"风乍起，吹皱一池春水"的意境来摹写人物心理。接下来的三句交代离愁的来源，并写出主人公因相思而百事无心的情态。"满眼"二句，以对偶的形式，生动地表现了埋头伤感的女主人公对时序变化的惊诧。这里熔情入景，凸显了女子伤感的心态。"但试把"二句承此而来：既不堪春去夏来的景色相扰，只得回到窗下，展读丈夫来信，以求得一点心灵慰藉。这是从人物动态中表露感情，形象十分明晰。下片接写"读来书"以后更加浓重的相思之情。前六句，细细描写阅读来信时的心理情态，揭示书信难解相思之渴的道理。以下"芳草"二句又是对偶，是景语而兼情语，女主人公将见不到远行人的怨恨转移到自然景物上面，抱怨树木遮眼，妨碍了她远望意中人。这怨得无理而有情，更见出怨情之深。结拍二句，拈出念远怀人过程中的一个最生动感人的细节来收束全词：最叫人心碎的是，直到天色黄昏，月上东山，她还在痴痴地站在栏杆边远望，一动也不动……这个情景合一的结尾，使得词情更加婉约含蓄，馀韵不绝。

满江红

倦客新丰[1]，貂裘敝、征尘满目[2]。弹短铗、青蛇三尺[3]，浩歌谁续？不念英雄江左老[4]，用之可以尊中国[5]。叹诗书、万卷致君人[6]，翻沉陆[7]。　　休感慨，浇醽醁[8]。人易老，欢难足。有玉人怜我，为簪黄菊[9]。且置请缨封万户[10]，竟须卖剑酬黄犊[11]。甚当年、寂寞贾长沙，伤时哭[12]。

【注释】

1　"倦客"句：据《旧唐书·马周传》，唐代马周早年未遇时，寄住于长安郊外新丰的旅店中，"主人唯供诸商贩而不顾待，周遂命酒一斗八升，悠然独酌，主人深异之"。后来马周发迹，被唐太宗任命为监察御史。这里作者以马周自喻。

2　"貂裘"二句：据《战国策·秦策》，苏秦游说秦王不成功，滞留他乡，身上"黑貂之裘敝，黄金百斤尽"，十分狼狈。这里借指作者在南宋不得意。作者多次自比为身穿黑貂裘的苏秦，见前《水调歌头》（落日塞尘起）"季子"二句注。

3　弹短铗：用冯谖弹铗事，见前《满江红》（汉水东流）"腰间"二句注。青蛇：指宝剑。语本唐郭元振《宝

83

剑篇》："精光黯黯青蛇色，文章片片绿龟鳞。"又，韦庄《秦妇吟》诗："匣中秋水拔青蛇，旗上高风吹白虎。"

4　江左老：老死南方。江左，指江南地区。

5　尊中国：重新恢复中国的尊严。这里含有驱逐金人、收复中原的意思。

6　"叹诗书"二句：化用杜甫《奉赠韦左丞丈二十二韵》诗："读书破万卷，下笔如有神。……致君尧舜上，再使风俗淳。"说明自己是读书万卷、具有辅佐君王的大本领的人。

7　沉陆：即陆沉，语出《庄子·则阳》，原意为无水而沉。这里借指人才被埋没。

8　醽醁（líng lù 灵路）：美酒名。这里泛指酒。

9　"有玉人"二句：化用苏轼《千秋岁·重阳徐州作》词："美人怜我老，玉手簪金菊。"玉人，美人。簪，在头上插戴装饰品，这里指戴花。

10　且置：暂且放下。请缨：指请求上前线杀敌立功。据《汉书·终军传》，终军请求皇帝给他一条长缨（长绳子），他能去把南越王捆来献给朝廷。万户：指万户侯。

11　卖剑酬（chóu 愁）黄犊：典出《汉书·龚遂传》："民有带持刀剑者，使卖剑买牛，卖刀买犊。"酬，同"酬"。

12　"甚当年"三句：正像当年不得意的贾谊一样，伤时流泪。据《汉书·贾谊传》，贾谊曾向皇帝上疏，说是："臣窃惟事势，可为痛哭者一，可为流涕者二，可为长太息者六。"甚，正是，正像。贾长沙，指贾谊，因他曾做过长沙王太傅，故称。

【解读】

这首词大约作于淳熙六年、七年之间。这也是一首吐露怀才不遇和忧国伤时情怀的作品。上片对自己不受朝廷重视表示强烈不满，表达了渴求用世立功的愿望。一上来的六句，每三句用一个典故，以流落新丰不遇的马周和弹铗思归的冯谖自比，对当局长期压抑排斥抗战派人士的错误行径发出谴责，笔调悲愤有力。"不念"二句承上，控诉朝廷不思恢复，偏安一隅，致使英雄老死江东，无所作为。这里的"英雄"并不单指作者一个人，而应是指自宋室南渡以来一直活跃于政坛的那个志存恢复的抗战派群体。此二句，跳出个人得失，把人才使用问题与国家命运联系在一起，思想境界很高。接下来的三句，化用一生忧国忧民的杜甫的诗句，进一步抒发壮志难酬的愤慨。下篇仍是抒发感慨，却换了一个角度来写。作者强作达观放旷，借酒浇愁，赏花排忧，并宣称要卖剑买牛去当农民，可字里行间流露的却是更深的悲痛。结尾"甚当年"三句是一篇主旨所在。现实的遭遇使作者联想起贾谊，故以贾自喻。"寂寞"一词，实是写自己的处境。"伤时"一语，更点明了自己这一大篇牢骚和忧愁都是因关心国家命运而生。最显感情色彩的一个"哭"字，下得极为沉重，明写贾谊，暗指自己——伤时而哭的，就是"貂裘敝、征尘满目"的当代失意者辛稼轩。全词实际上是一首长歌当哭的英雄失意曲。

沁园春

带湖新居将成[1]

三径初成[2]，鹤怨猿惊[3]，稼轩未来。甚云山自许，平生意气；衣冠人笑，抵死尘埃[4]。意倦须还，身闲贵早，岂为莼羹鲈鲙哉[5]！秋江上，看惊弦雁避[6]，骇浪船回。　　东冈更葺茅斋[7]。好都把、轩窗临水开[8]。要小舟行钓，先应种柳；疏篱护竹，莫碍观梅。秋菊堪餐，春兰可佩[9]，留待先生手自栽。沉吟久[10]，怕君恩未许，此意徘徊。

【注释】

1　带湖：在信州（今江西上饶市）府城灵山门外。辛弃疾在这里买地建造了一幢别墅。写此词时，他还在做江西安抚使。

2　"三径"句：语本苏轼《次韵周邠》诗："南迁欲举力田科，三径初成乐事多。"三径，汉代蒋诩隐居时，曾在门前开三径（即修三条小路），后人就以此作为隐居园圃的代称。

3　"鹤怨"句：是说带湖别墅所饲养的白鹤和猿猴惊怪它们的主人（辛弃疾）为什么还没有来。语本南朝孔稚珪《北山移文》："蕙帐空兮夜鹤怨，山人去兮晓猿惊。"

4 "衣冠"二句：变用白居易《游悟真寺》诗："抖擞尘埃衣，礼拜冰雪颜。"衣冠人笑，为"人笑衣冠"的倒文。抵死，老是，总是。

5 莼羹鲈脍：江南水乡的美味食品。代指隐居的乐趣。出典见前《水龙吟·登建康赏心亭》"休说"三句注。

6 惊弦雁避：化用庾信《周大将军襄城公郑伟墓志铭》："麋兴丽箭，雁落惊弦。"参前《木兰花慢·滁州送范倅》"响空弦"注。

7 葺（qì 气）：用茅草盖房子。茅斋：茅草盖顶的书房。

8 轩窗临水：语本北宋吕夷简诗："贺家湖上天花寺，一一轩窗向水开。"见陆游《老学庵笔记》卷六。又，苏轼《送贾讷倅眉》诗："父老得书知我在，小窗临水为君开。"

9 "秋菊"二句：屈原《离骚》："夕餐秋菊之落英。"又："纫秋兰以为佩。"又《九歌》："春兰兮秋菊，长无绝兮终古。"此综合化用其意，表示自己的高洁。

10 沉吟：迟疑不决。

【解读】

淳熙八年（1181），作者还在江西安抚使任上。他目睹官场的凶险之状，预感到自己可能会遭到打击，作为一条退路，先在信州府城之郊的带湖买地建屋。新居将成之时，乃填此词以明志。上片主要写自己为什么产生归隐的念头。一上来三句点明"新居将成"而自己的归隐还没有成为现实。接下来从"甚云山"至"莼羹鲈鲙"七句，通过倾诉自己宦海浮沉近二十年的痛切感受，表明退隐的必然性。其中"云山"四句为扇对，音节急促，气势充畅，愤世嫉俗之情跃然纸上。上片末三句则连用比喻，暗示自己之所以想退隐，是为了避祸。下片则主要揭示作者内心用世与退隐两种念头的矛盾斗争，流露出其思想的复杂性。前六句，进一步对隐居之所作具体的建筑规划，用铺陈排比之笔细细交代要建什么样的屋，种什么样的树，甚至连窗户朝哪儿开都写到了。难道这就是叱咤风云的辛弃疾所专心注意的事吗？显然，作者是故意用琐屑之务来遣发愁闷而已。接下来"秋菊"三句，表面上是继续写"园林规划"——栽花，实际上是借题发挥，像屈原那样表明自己不与俗世和官场同流合污的高洁志趣。这是与上片"平生意气"的自白相呼应。篇末三句，终于托出心底的秘密：退隐是出于无奈，主观上还是想积极用世。但这种矛盾心情表现得很婉曲，不说自己还想干事业，而反说怕皇帝不许自己退隐。关键在于"沉吟"和"徘徊"两个刻画心理的词儿，它们反映出作者不甘退隐，一直在去与留之间斟酌不定。

祝英台近

晚　春

　　宝钗分[1]，桃叶渡[2]，烟柳暗南浦[3]。怕上层楼，十日九风雨。断肠片片飞红，都无人管，更谁劝、啼莺声住？　　鬓边觑[4]，试把花卜归期[5]，才簪又重数[6]。罗帐灯昏，哽咽梦中语[7]："是他春带愁来，春归何处，却不解、带将愁去[8]！"

【注释】

　　1　宝钗分：指情人分手时用女方头上的金钗掰为两股，双方各持一股以为信物。古代早就有这种习俗，宋以前诗中屡见，南宋时尤盛行。

　　2　桃叶渡：渡口名，在今江苏南京秦淮河与青溪合流处。传说东晋王献之有妾名桃叶，曾在这里渡河，王献之作《桃叶歌》相送，该地因此得名。这里借指情人分别之地。

　　3　南浦：南朝江淹《别赋》中有"送君南浦，伤如之何"的句子，后世遂用"南浦"泛指分别之地。

　　4　觑（qù去）：斜视。

　　5　花卜归期：其法未详，大约是以所戴之花的花瓣单双数来预卜离人的归期。

　　6　簪：插在头上。重数：再数一回。

　　7　哽咽：声气阻塞。形容极度伤心。

　　8　"是他"四句：是那春天把愁带来，现在春天不知到哪里去了，却不懂得把愁带走。

【解读】

　　这是一首由男子代女子言情（即代言体）的闺怨词。通篇写一个女子在春末时因景伤情，苦苦思念和埋怨久出不归的情郎的种种情状。上片写情人去后闺中的冷落，先回忆相别时的凄迷情景，后描述别后女子慵懒无聊的伤感情态。下片先写女子苦盼情人回归的痴迷行为，然后以罗帐灯昏，梦中发怨春之语作结，哀婉缠绵，将闺怨之情推到极致。此词因为写的是闺情，必须符合"儿女情长"的特征，所以艺术风格由作者平素的慷慨豪壮一转而为缠绵悱恻，写得柔情万种，女态十足，在以雄深雅健为主导审美倾向的稼轩词集中堪称别调，表明辛弃疾作为词坛巨匠能刚能柔，亦豪亦婉，风格多样化，具有大家风范。清人沈谦评论说："稼轩词以激扬奋厉为工，至'宝钗分，桃叶渡'一曲，昵狎温柔，魂销意尽，才人伎俩，真不可测。"（《填词杂说》）

　　这首词本来就是闺怨词，它形象鲜明，意境完整，自是一件不能拆碎的精美艺术品，从中找不出什么政治寄托的痕迹。可是古来对它的解释颇有歧义。有人认为它是借闺怨以言志，如果要这样理解，见仁见智，也未尝不可。有人从此词总的意象上去体会它，说它是伤悼时局的衰落，盼望政治好景到来。这样按象征意义来解释词意，虽未必是作者的初衷，但总可以说是读者联想的自由。不过如果像某些古代学者那样穿凿附会地指实什么啼莺喻"小人得志"，点点飞红是"伤君子之弃"等等，那就显得荒谬不足信了。至于南宋有人进行无聊附会，硬说此词是写作者与一吕姓女子的私情，那就更与词意不合，毫无事实根据，前人对此已经驳正，这里就不做具体介绍了。

二、带湖之词（1182—1192）

水调歌头

盟　鸥[1]

带湖吾甚爱，千丈翠奁开[2]。先生杖屦无事[3]，一日走千回。凡我同盟鸥鹭，今日既盟之后，来往莫相猜[4]。白鹤在何处，尝试与偕来[5]。

破青萍，排翠藻，立苍苔。窥鱼笑汝痴计[6]，不解举吾杯。废沼荒丘畴昔[7]，明月清风此夜[8]，人世几欢哀。东岸绿阴少，杨柳更须栽[9]。

【注释】

1　盟鸥：与鸥鸟结盟，相约为友。这是用李白“明朝拂衣去，永与白鸥盟”诗意。

2　翠奁（lián 连）：翡翠镜匣。这是形容带湖水清碧明澈，就像打开翡翠镜匣看到一方明镜一样。

3　先生：作者自指。杖屦（jù 据）：拄着手杖，穿着麻鞋。

4 "凡我"三句：《左传·僖公九年》："齐侯盟诸侯于葵丘曰：'凡我同盟之人，既盟之后，言归于好。'"这里套用其语，作为与鸟儿的盟誓之言。莫相猜，不要互相猜疑。

5 偕（xié 协）来：一道来，一块儿来。

6 "窥鱼"句：化用黄庭坚《刘邦直送早梅水仙花》诗："白鹭窥鱼凝不知。"汝，指白鹭。

7 "废沼"句：这是倒装句，正读应为"畴昔废沼荒丘"。废沼荒丘，荒废的池沼和小土山。畴（chóu 愁）昔，以往，以前。

8 "明月"句：化用苏轼《后赤壁赋》："月白风清，如此良夜何。"

9 "东岸"二句：套用杜甫《舍弟占归草堂检校聊示此诗》："东林竹影薄，腊月更须栽。"

【解读】

淳熙八年（1181）底，辛弃疾被人诬以"奸贪凶暴，帅湖南日虐害田里"的罪名而弹劾落职。次年初，四十三岁的辛弃疾来到上一年就预备好的上饶带湖新居，开始过起隐居的日子来。此词即作于刚开始隐居的第一个春天，是反映作者这一时期生活和思想状况的第一篇作品。上片表达了作者对自己筹划营造的带湖别墅的由衷喜爱，并说明自己要与湖光山色、鸥鹭白鹤为伍，过一种回归自然的新生活。从"凡我"至"尝试与偕来"五句，作者竟与无知的飞禽说起话、订起盟约来了，而且俏皮地套用儒家经书所载古人盟言作为自己与鸟儿的盟言。这一写法，宋人陈鹄赞为"新奇"（《耆旧续闻》卷五）。这种"新奇"的写法，一方面表现了作者性格的洒脱可爱，另一方面也暗示了作者政治上缺少知音的苦闷心情：既受诬陷而丢官，无人了解自己，孤单单下乡隐居，当然只好与飞鸟作伴了。下片主要反映作者流连带湖风月时产生的一种郁闷怅惘的情绪。前五句犹承上片之绪，写作者与禽鸟的感情。"废沼"三句则文意陡转，借带湖今昔的对比，感叹人世的悲欢和沧桑之变。"欢哀"在这里是一个偏义复词，重在"哀"字，这实际上是流露了作者此时犹在忧念时世、叹息自己的政治抱负不得实现的恶劣心情。结尾二句则无异于告诉人们：忧虑感伤有什么用，让我还是继续培植这块属于我的小天地，让它成为我的精神寄托之所吧。此词的大部分篇幅的确是写隐居生活的乐趣，但也看似无意、实则有心地表露了志士失意的苦闷心情。

踏莎行

赋稼轩集经句[1]

进退存亡[2]，行藏用舍[3]。小人请学樊须稼[4]。衡门之下可栖迟[5]，日之夕矣牛羊下[6]。　　去卫灵公[7]，遭桓司马[8]。东西南北之人也[9]。长沮桀溺耦而耕[10]，丘何为是栖栖者[11]？

【注释】

1　稼轩：辛弃疾为自己带湖别墅的居室所起的名号。据《宋史》本传，他认为："人生在勤，当以力田为先……故以'稼'名轩。"集经句：摘取儒家经典中的句子来填词。

2　"进退"句：《易·文言》："知进退存亡而不失其正者，其惟圣人乎？"进，指做官。退，指隐居。存，指留下。亡，指离去。

3　"行藏"句：《论语·述而》："子谓颜渊曰：'用之则行，舍之则藏。'"意谓用我，我就干，不用我，我就隐居起来。

4　"小人"句：据《论语·子路》，孔子的弟子樊须请教孔子怎样种庄稼，孔子回答说："吾不如老农。"并骂道："小人哉，樊须也！"这里以学稼的樊须自比。

5　"衡门"句：《诗经·陈风·衡门》："衡门之下，可以栖迟。"衡，通"横"。横门，横木作门，指简陋的茅屋。栖迟，居住。

6　"日之夕"句：《诗经·王风·君子于役》："日之夕矣，羊牛下来。"意谓太阳快下山了，牛羊快回来了。

7　去卫灵公：据《论语·卫灵公》，卫灵公问孔子军事，孔子回答："军旅之事未之学也。"第二天就离开了卫国。去，离开。

8　遭桓司马：据《孟子·万章上》，孔子离开卫国后，"遭宋桓司马"。按，桓司马即宋国司马桓魋（tuí 颓），当时孔子到宋国，在大树下与弟子们演习周礼，桓魋闻讯率兵赶来，要杀孔子，孔子与弟子连忙逃走。

9　"东西"句：《礼记·檀弓上》："孔子曰：'今丘也，东西南北之人也。'"

10　"长沮"句：据《论语·微子》，长沮（jū 居）、桀（jié 结）溺二位隐者在田间"耦（ǒu 偶）而耕"（二人合耕地），孔子派子路向他们探问渡口，二人就讥讽孔子迷不知返。作者以这二位隐士自比。

11　"丘何为"句：《论语·宪问》："微生亩谓孔子曰：'丘何为是栖栖者与？'"意谓"你孔丘为什么到处奔走"。栖栖，不安定的样子。

【解读】

这首词大约作于淳熙九年（1182）作者刚刚到带湖隐

97

居的时候。这是一首非常别致的述怀之作，它句句用的都是儒家经典里的现成句子，没有一句是作者自己创造的，但却句句都是抒发作者本人的感情。化用前人成句来作诗填词，这在作者之前已成风气，但那些人一般是用前人诗句，或用经用史也只用个别句子。像本篇这样全用经句来缀合成章，还是辛弃疾的首创。这表明他在驱遣语言上路子很宽。上片说明自己政治上失去了进取的机会，只得退隐。用之则行，舍之则藏，达则兼济天下，穷则独善其身，这是儒家的行为准则，作者一生主要信仰儒家思想，所以此处用这些话来作为自己政治上失意以后的精神慰藉。但学"小人"樊须种庄稼，则更多的是显露一种无可奈何的痛苦心情。"衡门"二句用《诗经》成句，实际上也是一种不甘于此的矛盾心态的表现。下片说，像孔子那样，思想既不合时宜，又还要顽强地为实现自己的主张而到处奔波，是徒劳无益的。表示不学孔子，而要学长沮桀溺安心隐居，自得其乐。但事实上当隐居之士从来就不是作者的本意。对孔子的遭遇，作者也并非恶意嘲笑，而是借孔子的不得志于春秋之时来暗喻自己的不得志于当今之世。怨时恨世之意自在言外。体会全词之意可以得知，作者并不是在欣赏退隐的生活，而是在发政治牢骚。

贺新郎

赋琵琶

凤尾龙香拨[1]。自开元、霓裳曲罢[2]，几番风月[3]。最苦浔阳江头客[4]，画舸亭亭待发[5]。记出塞、黄云堆雪[6]。马上离愁三万里，望昭阳宫殿孤鸿没[7]。弦解语，恨难说[8]。　　辽阳驿使音尘绝[9]。琐窗寒、轻拢慢捻[10]，泪珠盈睫。推手含情还却手[11]，一抹梁州哀彻[12]。千古事、云飞烟灭。贺老定场无消息[13]，想沉香亭北繁华歇[14]。弹到此，为呜咽。

【注释】

1　"凤尾"句：唐玄宗的宠妃杨玉环善弹琵琶，她的琵琶用逻娑檀木做槽，龙香柏木做拨。见唐郑嵎《津阳门》诗自注。苏轼《听琵琶》诗："数弦已品龙香拨，半面犹遮凤尾槽。"凤尾，指琵琶槽的形状。这句是形容琵琶的名贵。

2　开元：唐玄宗李隆基的年号（713—741）。霓裳曲罢：暗指唐玄宗天宝末年安禄山叛乱，进攻长安，玄宗仓促逃走，在马嵬坡被迫缢死杨贵妃的事。白居易《新乐府·法曲》注："霓裳羽衣曲，起于开元，盛于天宝。"又

《长恨歌》："渔阳鼙鼓动地来，惊破霓裳羽衣曲。"

3　"几番"句：指经历了多少岁月。

4　浔阳江头客：指唐代诗人白居易。白居易曾被贬官江州（今江西九江），在江州所作《琵琶行》有"浔阳江头夜送客"之句。这句连同下句，就是概括白居易浔阳江头夜送客时在船上听弹琵琶的故事。

5　画舸（gě 葛）：装饰华丽的大船。亭亭：高挺的样子。此句语本北宋郑文宝《咏柳》诗："亭亭画舸系寒潭，直到行人酒半酣。"

6　出塞：汉元帝对匈奴和亲，将王昭君远嫁呼韩邪单于，传说她在马上弹琵琶抒发怨恨。黄云堆雪：语本欧阳修咏王昭君的《明妃曲》："不识黄云出塞路，岂知此声能断肠。"黄云，指沙漠上飞扬的尘土。

7　昭阳：汉代京城长安未央宫中的一个宫殿。这句指王昭君在出塞的路上遥望长安。

8　"弦解语"二句：是说虽然琵琶懂得表达人的心思，但人的怨恨却很难说清楚。

9　辽阳：在今辽宁境内。古时这里是边防之地。驿使：在驿道上传递音信的使者。音尘绝：指音书断绝。

10　琐窗：雕花的窗户，这里代指女子的卧室。拢、捻：琵琶指法。用左手指扣弦叫拢，用左手指揉弦叫捻。白居易《琵琶行》："轻拢慢捻抹复挑，初为霓裳后六幺。"

11　推手、却手：也是琵琶指法，用右手指往前弹叫推手，往后弹叫却手。见《释名》卷七《释乐器》。欧阳修《明妃曲》："推手为琵却手琶，胡人共听亦咨嗟。"

12　抹：也是琵琶指法，用右手指顺手下拨弦。梁州：唐宋大曲名。唐元稹《连昌宫词》："逡巡大徧梁州彻，色色龟兹轰陆续。"

13　贺老定场：贺老指唐玄宗时任梨园供奉的琵琶名手贺怀智；定场是说他琵琶弹得好，能压住场子。此句亦本元稹《连昌宫词》："夜半月高弦索鸣，贺老琵琶定场屋。"

14　沉香亭：唐代长安兴庆宫中亭子名。唐玄宗与杨贵妃经常在此游玩取乐。李白《清平调》三首之三："解释春风无限恨，沉香亭北倚阑干。"

【解读】

这首词是辛弃疾在带湖闲居时所作。题为"赋琵琶"，篇中连用了历史上许多有关琵琶的典故，粗读之，似为咏物之作，细品味，方晓是抒怀之章。表面看来，词中琵琶的故事杂乱无章，互不关联，实际上却有一条伤时感事的伏线将它们有机地串联在一起，编织成一首忧国的哀歌。其起结二处都是用唐开元、天宝年间的琵琶故事（这时期是唐帝国走向大乱和衰落的一个转折期），已在借此抒发对宋朝盛衰的感伤，表达对北宋承平繁华的追念。结尾几句特以当代没有定场的琵琶高手，暗指朝中没有治国能臣，宋朝难以振兴，故有"弹到此，为呜咽"的哀叹。上片用霓裳曲、浔阳江及昭君出塞三个典故，下片则虚拟一个南北分离的家庭，和思妇一方弹琵琶怀念辽阳丈夫的情节，这些都是与时世盛衰和家国兴亡有关联的怨恨之事，而总起来用"千古事云飞烟灭"结束之。对此词的主旨和抒情层次，俞陛云《唐五代两宋词选释》有比较准确到位的点评："起笔'开元'句即追想汴京之盛。以下用商妇、明妃琵琶故事，借以写怨。转头处承上阕'万里离愁'句，接以辽阳望远，慨宫车之沙漠沉沦。'琐窗'、'推手'四句咏琵琶正面，中含一片哀情。转笔'云飞烟灭'句笔势动荡。结局沉香亭废，贺老飘零，自顾亦沦落江东，如龟年之琵琶仅在，宜其弹罢呜咽，不复成声矣。"

唐河传

效花间体[1]

春水，千里，孤舟浪起[2]，梦携西子[3]。觉来村巷夕阳斜，几家，短墙红杏花。　　晚云做造些儿雨，折花去，岸上谁家女。太狂颠[4]，那岸边，柳绵[5]，被风吹上天。

【注释】

1　花间体：《花间集》一书为五代后蜀赵崇祚所编，收录晚唐五代十八位词人的作品，是我国文人词最早的一个总集，其中的大部分作品风格浓艳绮丽，内容多为男女之情，后世就称这种词为"花间体"。

2　"春水"三句：化用苏轼《次韵王定国南迁回见寄》诗："桃花春涨孤舟起。"

3　西子：西施。这里代指作者意中的美人。

4　狂颠：这里是活泼洒脱的意思。

5　柳绵：柳絮。

【解读】

辛弃疾的词，风格多样，众体兼擅。此词自注"效花间体"，就是学习晚唐五代花间派作家写情柔婉细腻的长处，来抒写自己政治生活之外的闲情逸事。它的语言非常隽永含蓄，而又精练短小，浅近通俗；意境既真切明朗，而又优雅深远，耐人回味。上片以春水起兴，以泛舟引出梦境。以梦中的"西子"，引起梦醒后见花，见花似梦中人，真是"花面交相映"。将梦境与实景穿插融合起来写。是梦境？是实景？读者自去回味。下片又由花而见眼前人——美丽而单纯活泼的村女。寥寥数语，生动地描绘出她们欢乐洒脱的生活场景。末了又以"柳绵，被风吹上天"暗喻恍惚迷离的梦境，回应上片开头的舟中之梦。全词深得"花间"体的韵味，但又能做到空灵透脱，清丽而不浓艳，旖旎而带豪放，没有失去自己的本色。作者可以说是一个善于采他人所长为我所用的高手。

水龙吟

甲辰岁寿韩南涧尚书[1]

渡江天马南来[2]，几人真是经纶手[3]？长安父老[4]，新亭风景[5]，可怜依旧。夷甫诸人，神州陆沉，几曾回首[6]！算平戎万里[7]，功名本是，真儒事[8]，公知否？　　况有文章山斗[9]，对桐阴、满庭清昼[10]。当年堕地，而今试看，风云奔走[11]。绿野风烟[12]，平泉草木[13]，东山歌酒[14]。待他年整顿，乾坤事了，为先生寿。

【注释】

1　甲辰岁：指宋孝宗淳熙十一年（1184）。韩南涧：韩元吉（1118—1187），字无咎，号南涧，河南许昌人。南渡后寓居上饶。做过吏部尚书。是一个抗战派的官员，政绩和文学都驰名于当时。

2　"渡江"句：西晋末年，中原大乱，统治者将北方放弃给匈奴等入侵者，逃到江南，建立东晋政权。当时，琅邪王司马睿与另外四个王子一齐渡江，过江后司马睿做了皇帝（即晋元帝）。童谣说："五马浮渡江，一马化为龙。"（事见《晋书·元帝纪》）皇帝号称天子，晋朝皇帝又姓司马，故称天马。这里借指公元1127年宋朝南迁。

3 经纶手：筹划、治理国家大事的能手。

4 "长安"句：是借东晋事说中原父老盼望北伐。典出《晋书·桓温传》：东晋时桓温举兵北伐，一直打到长安郊外的灞上，长安父老持牛酒迎接桓温，感动得哭着说："不图今日复见官军！"

5 "新亭"句：典出《世说新语·言语》：晋南迁后，渡江的士大夫们经常在金陵郊外的新亭相聚饮酒，一次饮酒时，周颛感叹说："风景不殊，正自有山河之异！"于是众人"皆相视流涕"。

6 "夷甫"三句：据《晋书·桓温传》，桓温北伐时，登高远望中原，感叹说："遂使神州陆沉，百年丘墟，王夷甫诸人不得不任其责！"王衍，字夷甫，西晋末宰相。他喜空谈，不管国事，弄得国家破败。这里暗指南宋当权者尚空谈，不图恢复。陆沉，指国土沦陷。几曾，何曾，何尝。

7 平戎：指打败金兵，收复失地。戎，本是古代西北民族的通称，这里专指金人。

8 真儒：大儒，有真学问和大本领的读书人。汉扬雄《法言》："如用真儒，无敌于天下。"

9 "况有"句：这是把韩元吉的道德文章比拟于韩愈。《新唐书·韩愈传赞》："自愈之没，其言大行，学者仰之如泰山北斗云。"山斗，即"泰山北斗"的省写。

10 "对桐阴"二句：这是赞韩元吉的光荣家世。韩元吉是北宋时中原地区著名的"颍川韩氏"家族的后裔。

颍川韩氏在汴京的门第前多植桐木，以区别于当时另一韩氏大族相州韩氏。韩元吉有《桐阴旧话》十卷，记其家世旧事。

11　"当年"三句：是赞扬韩元吉当年像渥洼神马降生人间，如今风云际会，要在政坛大显身手。这里化用了黄庭坚《次韵邢敦夫》诗："渥洼麒麟儿，堕地志千里。"及苏轼《和张昌言喜雨》诗："百神奔走会风云。"

12　绿野：绿野堂，是唐代名相裴度在洛阳的别墅。

13　平泉：平泉庄，是唐代另一名相李德裕在洛阳郊外的别墅。

14　东山：山名，在今浙江上虞县西南，是东晋名相谢安的隐居地。以上三句，都是以古代名相的别墅来赞美韩元吉在上饶的隐居之所。

【解读】

寿词一般容易流于无聊的应酬恭维，尤其是写给一个做过大官、比作者整整大二十多岁的老前辈，更易如此。但作者却不落常套，将此词写成了一首壮美的政治抒情词。上片连用典故，以古喻今，纵论国事。一开头就痛斥南宋当权者偏安误国。"夷甫"三句更是借晋说宋，矛头直指只会清谈而对国家命运漠不关心的时相，是对南宋投降派的口诛笔伐。既然国家的中兴不能指望这些空谈误国的权臣，那么指望谁呢？作者在上片末锐身自任地响亮回答："算平戎万里，功名本是，真儒事，公知否？"真儒者谁？这是不言自明的——韩公您与我辛某也！下片这才转到祝寿的题面上来，主要内容是对寿主进行一番歌颂，但也没有脱离政治抒情的主题。作者对韩元吉的门第、家风、道德、人品、文章、才干诸方面的赞颂，其中当然掺杂着社会交际中不可免的一些溢美的成分。不过，结尾三句"待他年整顿，乾坤事了，为先生寿。"却以国家大事相期，以"整顿乾坤"的宏伟抱负共勉，仍然不落常格，其中充分反映了作者本人对抗战事业的必胜信念，和顽强乐观的战斗性格——哪怕是被迫闲居、思想苦闷的时期，他的战士性格也未曾丝毫削弱，甚至在为别人祝寿的应酬场合，也要充分地表露战斗的锋芒。在写法上，此词通篇用典，但不使人感到生硬堆砌，而是驱遣自如，融化无迹，把所欲表达的悲壮豪迈之情恰到好处地写出来，显示了作者驾驭语言和谋篇布局的高超水平。

满江红

送李正之提刑入蜀[1]

蜀道登天[2]，一杯送、绣衣行客[3]。还自叹、
中年多病，不堪离别。东北看惊诸葛表[4]，西南
更草相如檄[5]。把功名、收拾付君侯[6]，如椽笔[7]。

儿女泪，君休滴[8]；荆楚路[9]，吾能说。要
新诗准备，庐山山色。赤壁矶头千古恨[10]，铜鞮
陌上三更月[11]。正梅花、万里雪深时，须
相忆[12]。

【注释】

1　李正之提刑：李大正，字正之，原为张孝祥的幕
僚，在孝宗乾道、淳熙年间曾任多处地方行政长官，淳熙
十一年（1184）冬从江西奉命任利州路（今川北、陕南一
带）提点刑狱使。此词即为李大正离江西赴四川上任时赠
给他的。

2　蜀道登天：李白《蜀道难》："噫吁嚱，危乎高哉！
蜀道之难，难于上青天！"这里用李白诗意，说明去四川
的道路十分艰难。

3　绣衣行客：西汉武帝时设绣衣直指官，派往各地
审理重大案件，这种官员身穿绣衣，以示尊贵。提点刑狱

使的职责与绣衣直指官相似，所以这里借以称呼李大正。

4 诸葛表：三国时蜀汉丞相诸葛亮出师北伐曹魏，有《出师表》上后主刘禅。这里借指李大正入蜀后会有筹措北伐的惊人举动。

5 相如檄：汉武帝时巴蜀地区因故发生动乱，司马相如奉武帝之命安抚巴蜀百姓，写了著名的《喻巴蜀檄》。这里借指李大正入蜀后能镇抚巴蜀一方，使之安定。

6 君侯：古时对达官贵人的尊称。这里指李大正。

7 如椽笔：大手笔。语出《晋书·王珣传》："珣梦人以大笔如椽与之。既觉，语人曰：'此当有大手笔事。'"

8 "儿女"二句：暗用唐王勃《送杜少府之任蜀州》诗："无为在歧路，儿女共沾巾。"

9 荆楚路：李大正入蜀要经过江西、湖北等地，这些地方古时属楚国。作者曾在这一路做过官，故下文说"吾能说"。

10 "赤壁"句：北宋苏轼曾在湖北黄州赤壁怀古，写下了前后《赤壁赋》及《念奴娇·赤壁怀古》词等。《念奴娇》起句云："大江东去，浪淘尽、千古风流人物。"这里借指李大正路过黄州时也会像苏轼一样做怀古的诗文。

11 铜鞮陌：在湖北襄阳。此即代指襄阳。这也是李大正要经行之地。

12 "正梅花"三句：化用杜甫《寄杨五桂州谭》诗："梅花万里外，雪片一冬深。闻此宽相忆，为邦复好音。"

【解读】

清人周济说："稼轩固是才大，然至情处后人万不能及。"（《介存斋论词杂著》）这首送别词将爱国之情与朋友之谊融成一片来抒写，正是一首至情之作。词的上片从眼前的送别场面写起，主要写对友人的期望和祝愿；下片则将重点转到想象别后的情况，集中抒写友人之间深厚的情谊。上片起二句，入手擒题，点明了友人的去向和自己为他饯行。接下来三句，转写自己，表露因与友人相别而引起的伤感。这既显示了作者与友人交谊之深，同时也暗示了自己中年的蹉跎不得意。不过稼轩毕竟是豪侠之士，他并没有沉埋于伤感之中，而是很快仰起头来，满腔热忱地鼓励别人。送友人入蜀做官，自然想起历史上与蜀中相关的两个大人物。"东北"二句，是勉励友人入蜀后，要像诸葛亮那样，坚持抗战和北伐，使东北方向的金人闻风丧胆；要像司马相如那样安抚蜀中百姓，稳定后方，为国家的强大作出贡献。这里切地切事，寄语殷殷，盛情感人，与一般的应酬和吹嘘迥然不同。"把功名"二句，则对友人建功立业的才能表示高度相信和赞赏。下片通过对友人旅途状况的设想，在寄寓友情的同时表达了自己对祖国壮丽河山的热爱。换头的"儿女"二句，承上送别之意，以劝慰之语收束惜别之情；"荆楚"二句则折入将来，另辟一个抒情境界。庐山的风姿，赤壁的巨浪，襄阳的皓月……此去无处而非祖国秀丽的山川。作者希望友人用他生花的妙笔，把这些胜景写进他新的诗篇里去。这里既以期望于别人，也表达了自己的爱国深情。作者曾用"看山河"来寄托自己的爱国情思（见前选《太常引》），这里也是用同一种表情方法。词的末三句，又呼应开篇送别的话头，但不再是伤感，而是深情的遐想。虚笔拟就梅花万里相忆之情景，馀韵悠长，耐人回味。

千年调

蔗庵小阁名曰卮言作此词以嘲之[1]

卮酒向人时[2]，和气先倾倒。最要然然可可[3]，万事称好[4]。滑稽坐上[5]，更对鸱夷笑[6]。寒与热，总随人，甘国老[7]。　　少年使酒[8]，出口人嫌拗[9]。此个和合道理，近日方晓。学人言语，未会十分巧。看他们，得人怜[10]，秦吉了[11]。

【注释】

1　蔗庵：是作者的友人、此时正做信州（今江西上饶）知州的郑汝谐在上饶城边山上的一所住宅的名称。卮（zhī 之）言：语出《庄子·寓言》："寓言十九，重言十七，卮言日出，和以天倪。"卮言本为随便漫谈之意，郑汝谐用作庵名。作者则借题发挥，嘲讽圆滑世故之人。

2　卮酒向人：卮是古时盛酒的一种器皿，空时仰起，倒满酒就会倾斜向人。作者借指那些点头哈腰的人。

3　然然可可：对什么事都说"是是是，可以可以"。就是唯唯诺诺的意思。然，是。

4　万事称好：典出《世说新语》刘孝标注引《司马徽别传》："有以人物问徽者，初不辨其高下，每辄言佳。

其妇谏曰：'人质所疑，君宜辨论，而一皆言佳，岂人所以咨君之意乎？'徽曰：'如君所言亦复佳。'其婉约逊遁如此。"黄庭坚《次韵任道食荔支有感》诗："一钱不值程卫尉，万事称好司马公。"

5　滑（gǔ古）稽：古时酒席上用来斟酒的一种壶。它旋转方便，倒完了又灌满，可整日不停地倒酒。这里用来比喻某些善于应变，花言巧语层出不穷的人。

6　鸱（chī痴）夷：古时一种皮制的酒袋，也和滑稽一样可以整日倒酒。这里也用以比喻上述那种人。

7　"寒与热"三句：《本草·草部·上品之上》："甘草，国老，味甘平，无毒，主五脏六腑寒热邪气。"注引《药性论》："甘草……诸药众中为君，治七十二种乳石毒，解一千二百般草木毒，调和使诸药有功，故号国老之名。"这里用甘草比喻那些调和派。

8　使酒：借酒任性使气。

9　拗：固执，这里指与世俗格格不入。

10　怜：喜爱。

11　秦吉了：一种黑色羽毛的小鸟，又名鹩哥，能学人说话，舌头灵巧胜过鹦鹉。白居易《新乐府·秦吉了》中曾描述它："耳聪心慧舌端巧，鸟语人言无不通。"这里用以比喻那些善于学舌的小人。

【解读】

这是一首嬉笑怒骂的刺世词。它活像一幅描绘俗世风

114

情的漫画，其最显著的艺术特点，就是选取各种与讽刺对象的某些特征相似的事物，来尽情描绘，多方譬喻，冷嘲热讽，鞭挞世俗丑态到了淋漓尽致的境地。但作者讽刺世俗小人的目的是为了表明自己的处世原则和态度，不是为讽刺而讽刺，所以他把自己的形象也摆进了词中，起到了对比的作用。上片主要刺别人。作者即席取譬，选取了四种东西：酒厄、滑稽、鸱夷、甘草，连用这样四个比喻，妙趣横生地进行连珠似的描写，这就形象地展示了当时朝廷上和士大夫群中那一伙俯仰随人，趋炎附势，不以国事为重的小人的丑态，可谓一幅宦林群丑图。下片则主要写自己。首先以愤激的语气表明自己不愿与此类小人同流合污。作者说，自己当初年轻而任性，直来直去，不懂奉承逢迎，所以不讨人喜爱。如今懂得了此中"道理"，想"学巧"了，但毕竟不是此中人，故而"未会十分巧"，始终学不到家。什么人才学得会呢？词的末尾回答说：秦吉了——像学舌鸟一样专在附和权要上下功夫的奸佞之人。这是全篇的第五个痛骂小人的比喻。通过这一骂，作者使自己与官场群丑划清了界限。这首词表现的，就是作者刚直不阿、不随世俗俯仰的可贵品格。

一剪梅

中秋无月

忆对中秋丹桂丛。花在杯中，月在杯中。今宵楼上一尊同[1]。云湿纱窗，雨湿纱窗。浑欲乘风问化工[2]。路也难通，信也难通。满堂惟有烛花红。杯且从容[3]，歌且从容。

【注释】

1 一尊：一杯酒。这里指宴席。

2 浑欲：直想，真想。化工：大自然的创造力。汉贾谊《鹏鸟赋》："且夫天地为炉，造化为工。"这里当"天公"讲。

3 从容：安逸舒缓，不慌不忙。

【解读】

此词写中秋待月不至的遗憾。上片，将今年中秋与过去的中秋进行对比，揭示佳节却不遇佳景的难堪之状。首三句，以简洁明丽的笔调回忆过去那个有月的中秋之夜的美好风光。那是一个晴空朗朗的夜晚，作者置身芬芳馥郁的丹桂丛中，开怀畅饮，婆娑的花影倒映在杯中，金灿灿的月波也荡漾在杯中，倍添了节日的乐趣。如今呢？同样置身在这个楼上，同样设这么一桌筵席，可是"云湿纱窗，雨湿纱窗"。不正面说今夜无月，而只写那煞风景的云和雨，这就避免了呆板直说，显得含蓄蕴藉。下片专写赏月的愿望落空以后无可奈何的愁烦心情。过片三句，恨极而思乘风上天去质问造物主，为什么要捉弄人；可又明知天路难通，信儿没法送，只好叹息而止。"满堂"句是加倍烘染的写法，再次强调无月带来的单调寂寞的现状。月亮不出来，只有堂上红烛发出亮光，似在嘲笑人的多情，这就使人倍增幽怨。然而急也没有用，愁也是白愁，还是照旧唱起歌来，举起杯来，聊以混过这个不碰巧的节日吧！结尾二句，下字运意十分贴切：两个"且"字，突显了待月之人不得已而求其次的心理；两个"从容"，更说明了唱歌饮酒仅是为了排遣愁烦，求得心理的平衡罢了。

江神子

和人韵

　　梨花着雨晚来晴。月胧明[1]，泪纵横。绣阁香浓，深锁凤箫声[2]。未必人知春意思，还独自，绕花行。　　酒兵昨夜压愁城[3]，太狂生[4]，转关情。写尽胸中，块垒未全平[5]。却与平章珠玉价[6]，看醉里，锦囊倾[7]。

【注释】

　　1　月胧明：月色微明。语本唐元稹《嘉陵驿》诗："仍对墙南满山树，野花撩乱月胧明。"

　　2　凤箫：典出刘向《列仙传》：秦穆公时有萧史者善吹箫，穆公以女弄玉妻之。萧史日教弄玉作凤鸣，居数年，凤凰来止。又数年，夫妇皆乘凤凰仙去。这里仅用以作为箫的美称。

　　3　酒兵：指酒。语出《南史·陈暄传》："酒犹兵也，兵可千日而不用，不可一日而不备；酒可千日而不饮，不可一饮而不醉。"愁城：形容内心愁苦既多且浓，如一座城池，轻易攻不破。黄庭坚《行次巫山宋楙宗遣骑送折花厨醖》诗："攻许愁城终不开，青州从事斩关来。"

　　4　太狂生：十分癫狂。语本唐张泌《浣溪沙》词：

"依稀闻道太狂生。""生"字为语助词，无义。常与"太"字同用，如"太憨生"、"太瘦生"等。

5　胸中块垒：指胸中的牢骚愁烦。《世说新语·任诞》："阮籍胸中垒块，故须酒浇之。"

6　平章：品评。

7　锦囊：指优美的诗篇。语本《新唐书·李贺传》："每旦日出，骑弱马，从小奚奴，背古锦囊，遇所得，书投囊中，及暮归，足成之。"

【解读】

此词作于隐居带湖期间，时间不晚于淳熙十四年（1187）。这是一首不加掩饰地发愤抒情的作品，它真实地表露了作者被迫闲居带湖期间牢骚怨抑的心态。上片写抒情主人公在春雨初晴的朦胧月夜感伤孤独的情状。男儿有泪不轻弹，只因未到伤心处。此处言"泪纵横"，流泪者又是一个曾经驰骋疆场、出生入死的铮铮铁汉，则其伤心已至极处矣！这里梨花带雨、月色朦胧之景与孤独忧伤、泪水满面之人相映衬，情景交融，十分动人。至于为何伤心痛哭，这里表现得十分含蓄："未必人知春意思，还独自，绕花行。"这是痛感在现实社会中知音稀少的深沉苦闷。联系前面的"深锁凤箫声"，可知上片的这一系列自我形象的描写，与岳飞那首著名的《小重山》词中"起来独自绕阶行"和"知音少，弦断有谁听"云云，简直如出一辙。可见政治失意、知音难觅是当时抗金英雄们共同的苦闷。下片写自己借酒浇愁，以词抒愤。作者活用有关酒与愁的语典，以表明内心之愁与恨无法可解。他说：前人都道酒可消愁，说是那位狂士阮籍全靠酒来浇灭胸中块垒，可我昨夜以"酒兵"攻"愁城"，却不但没有取胜，反而更加狂态毕露，对现状更加牵情，我只好用笔来宣泄愁烦，即使这样，胸中块垒也未全消。词的结尾三句方转到"和人韵"的题面上来，说是：现在我们举酒唱和，你率先写出了珠玉般的词章，我来步韵奉和，且看我乘着酒兴写出优美的作品来。这首词不是一般的应酬之作，它除了尽兴地抒写自己的胸怀之外，还形象地表达了自己"发愤抒情"和"写胸中块垒"的作词主张，对我们了解辛弃疾的文学思想很有帮助。

丑奴儿

书博山道中壁[1]

少年不识愁滋味[2]，爱上层楼。爱上层楼，为赋新词强说愁[3]。　　而今识尽愁滋味，欲说还休[4]。欲说还休，却道："天凉好个秋！"

【注释】

1　博山：山名，在信州永丰（今江西广丰）县西约二十里。古名通元峰，以其形似庐山香炉峰，故改今名。

2　"少年"句：北宋陈慥《无愁可解》词："光景百年，看便一世，生来不识愁味。"此化用其语。

3　强（qiǎng 抢）：勉强地，硬要。

4　欲说还休：语本李清照《凤凰台上忆吹箫》词："生怕离怀别苦，多少事、欲说还休。"

【解读】

本篇也是闲居上饶期间的作品。全词以咏"愁"为中心，通过少年时与"而今"（中年时）两个不同的人生阶段对"愁"的相异体会，阐发深刻的生活哲理，使人具体地感受到忧患馀生的辛酸况味。上片先写少年时的所谓愁，表明人在青年时期往往因为涉世未深而不懂得人生的艰难。作者以自嘲的口吻写这种少年时的假愁和闲愁的目的，是为了反衬如今中年时期的真愁与深愁。下片以"而今"一语作有力的转折，来写现在——饱经忧患的中老年之愁。真正品出了愁的滋味反而不愿说，这是多么深沉的痛苦！然而作者之意尚不止于此。秋天在愁人心中是衰老没落的象征，作者在中年失意的岁月逢秋，心境本极凄凉，但他对此并不以悲叹出之，反而出人意表地结以轻松幽默的欣赏之语："却道天凉好个秋！"至深之情却以至淡之语表之，含蓄而又分明，更加耐人寻味。从这里读者可以深入理解辛弃疾倔强而诙谐的豪士、达士性格。

丑奴儿近

博山道中效李易安体[1]

千峰云起，骤雨一霎儿价[2]。更远树斜阳，风景怎生图画[3]。青旗卖酒[4]，山那畔、别有人家[5]。只消山水光中，无事过这一夏。　　午醉醒时，松窗竹户[6]，万千潇洒。野鸟飞来，又是一般闲暇。却怪白鸥，觑着人欲下未下[7]。旧盟都在[8]，新来莫是，别有说话[9]？

【注释】

1　博山：见前《丑奴儿·书博山道中壁》注。李易安：李清照（1084—1155?），号易安居士，济南章丘（今属山东）人，为辛弃疾的同乡。她是著名文学家李格非之女，金石博物学家赵明诚之妻。清照工诗文，尤以词擅名，卓然为宋词一大家。

2　一霎儿价：一阵子。价，语尾助词。

3　怎生：怎样，如何。

4　青旗：酒店门口悬挂的青布招牌。

5　山那畔：山那边。

6　松窗竹户：谓窗下门前，松竹掩映。

7　觑（qù去）：窥探，偷看。

8　旧盟：指过去和鸥鸟结成朋友的盟约。作者隐居带湖之初，写过一首《水调歌头·盟鸥》，其中说："凡我同盟鸥鹭，今日既盟之后，来往莫相猜。"旧盟指此。

9　别有说话：谓悔约改口。

【解读】

这首词与前选《丑奴儿·书博山道中壁》当为同时所作。词的小序标明"效李易安体"，它在风格、语言和技巧上的确是有意仿效、学习作者的同乡前辈女词人李清照的。李清照的词，善于将寻常口语信手拈来，度入音律，炼句精美，意境清新，语言明白自然，极少用典。此词就具有李清照词的这些优点。上片写博山中夏日骤雨复晴的美丽景色，用淡笔勾绘出一幅清爽明澈的风景图画。下片写作者在流连光景中产生的潇洒闲适之情。结尾以和鸟儿调侃打趣的诙谐口吻束住，更显得空灵淡雅，馀韵悠长。全词节奏轻柔舒缓，采用平叙手法，随意自如地抒写闲情逸趣。词中使用的几乎全是当时的俗语白话，不套成句，不掉书袋，好语天成，于平淡中显出自然清新之美。

清平乐

独宿博山王氏庵[1]

绕床饥鼠，蝙蝠翻灯舞[2]。屋上松风吹急雨，破纸窗间自语。　　平生塞北江南[3]，归来华发苍颜[4]。布被秋宵梦觉，眼前万里江山。

【注释】

1　博山：见前《丑奴儿·书博山道中壁》注。庵：草屋。

2　翻灯舞：绕着灯飞来飞去。

3　"平生"句：指作者一生走遍中国南北。塞北，指作者年轻时曾到燕山一带观察形势，以备抗金复国。江南，指作者归宋后在江南地区做了多年的地方官。

4　归来：指作者四十多岁时罢官归隐农村。华发苍颜：感叹自己如今已经衰老。华发，花发，花白头发。苍颜，面色青苍衰疲。

【解读】

与前选《丑奴儿》、《丑奴而近》一样，本篇也是作者游览上饶属县永丰境内的博山时所作。全篇以夜晚山中旅舍凄凉荒寂之境映衬内心悲慨抑郁的情绪，表现了报效家国、至老不已的"烈士暮年"情怀。上片，环境气氛的渲染十分出色。在写景的同时，已暗寓凄恻孤愤之情。下片直抒政治怀抱，前二句先用对偶，概述自己大半生的政治斗争和蹉跎不得志的经历，感慨很深。后二句以俯视万里江山的描写，表现自己虽然身处逆境，但仍不忘祖国统一大业的真实思想。这就一下子将全词的思想境界提高了。此词短小精悍，内容却极为丰富，章法严谨而语言凝重洗练；景中含情，情景相生；结尾波澜突起，使主题得到升华。这些都是本篇艺术表现上的主要特点。

生查子

独游雨岩[1]

溪边照影行[2]，天在清溪底。天上有行云，人在行云里。　　高歌谁和余[3]？空谷清音起[4]。非鬼亦非仙[5]，一曲桃花水[6]。

【注释】

1　雨岩：在博山附近。因岩中有泉飞喷而出，如风雨之声，所以取名雨岩。这里风景优美，是作者隐居带湖期间经常去游玩的一个地方。

2　"溪边"句：人在溪边走，影子就倒映在溪水中。

3　和：声音相应，唱和。

4　"空谷"句：化用晋左思《招隐诗二首》其一："非必丝与竹，山水有清音。"清音，指山谷中的流水声。

5　"非鬼"句：化用苏轼《夜泛西湖五绝句》："湖光非鬼亦非仙，风恬浪静光满川。"

6　"一曲"句：谓优美的清音是那一溪桃花水发出来的。桃花水，据《水衡记》："黄河二月三月水，名桃花水。"这里泛指春天的流水。

【解读】

　　这首词是辛弃疾游玩博山期间所写诸词中篇幅最短的一首。《生查子》一调，五言八句，形式上和五言律诗差不多，只是中间两联不强求用对仗，将平声韵改成了仄声韵；并且进行分片，以前四句为上片，后四句为下片。一般说来它的写法和风格与五律的典雅凝重大不相同，而是要求笔调空灵，韵味悠长，意境深曲，风格更应婉约含蓄。此词就具有这些特点。上片四句，写雨岩明媚的水天相映的景色。寥寥二十字，将蓝天、白云和行人在清溪中倒影交错的情景勾绘得活灵活现，意趣横生。清溪明如镜，蓝天在镜中，天上的白云就在水底飘游，而人竟走进了白云中，也就是走到了天上云端。这里把人写得高于一切，在清新中透露出一种豪迈的气概。下片抒情。作者在水天一色的清丽风光里慷慨高歌，想得到应和。但这慷慨高昂之调无人听见，无人理解，当然更无人唱和了。这时只有空谷中的一泓清水似乎在同情作者，用它那潺潺作响的流动声来与孤独的作者相应答。歌声代表作者的心声，高歌寻求应和者的举动，象征作者对知音的寻求。可一片痴情无人理会，作者该是多么苦闷啊！这里意在言外，引人深思。词的主旨就是通过对这种孤寂幽单的情景的描述，含蓄地表露作者在现实社会中缺少知音的痛苦。

蝶恋花

月下醉书雨岩石浪[1]

九畹芳菲兰佩好[2]，空谷无人[3]，自怨蛾眉巧[4]。宝瑟泠泠千古调[5]，朱丝弦断知音少[6]。

冉冉年华吾自老[7]，水满汀洲[8]，何处寻芳草[9]？唤起湘累歌未了[10]，石龙舞罢松风晓[11]。

【注释】

1　雨岩：见前《生查子·独游雨岩》注。石浪：据作者另一首游雨岩的词《山鬼谣》自注，石浪是雨岩的一块巨石的名称，该石形状古怪，长三十馀丈。

2　"九畹（wǎn 晚）"句：语本屈原《离骚》："余既滋兰之九畹兮，又树蕙之百亩。"及"扈江离与辟芷兮，纫秋兰以为佩"。以佩幽兰来表示自己的高洁。畹，古制，一畹为十二亩。芳菲，花草芳香茂盛。

3　"空谷"句：化用杜甫《佳人》诗："绝代有佳人，幽居在空谷。"以不与俗世同流合污的空谷佳人自比。

4　"自怨"句：化用屈原《离骚》："众女嫉予之蛾眉兮，谣诼谓余以善淫。"以遭嫉妒的美人自比。

5　瑟：古时一种弦乐器。泠（líng 灵）泠：泉水流动时清越的声音。借喻瑟声。

6 "朱丝"句：化用杜甫《寄岳州贾司马六丈巴州严八使君两阁老》诗："朱丝有断弦。"及岳飞《小重山》词："欲将心事付瑶琴，知音少，弦断有谁听。"

7 "冉冉"句：这是化用屈原《离骚》："老冉冉其将至兮，恐修名之不立。"冉冉，渐渐地。

8 汀洲：水边平地。

9 "何处"句：这是反用屈原《离骚》："何所独无芳草兮，尔何怀乎故宇"句意。

10 湘累：指屈原。冤屈而死叫"累"，屈原是投湘中之水而死的，故前人称他为湘累。见扬雄《反离骚》注。

11 石龙：指那块巨石"石浪"。因其长三十馀丈，故称之为石龙。

【解读】

这也是一首抒写政治牢骚的词。通篇采用楚辞以香草美人譬喻人事的手法，宣泄作者与屈原相似的满腹幽愤。上片写自己受打击、受压抑并缺少知音的苦闷。一上来的三句就化用《离骚》句子，连用种兰、佩兰和空谷无人自怨蛾眉巧等一系列比喻，见出自己出污泥而不染的高尚节操，并含蓄地对"嫉余之蛾眉"的"众女"（亦即南宋官场群小）提出谴责。一个"怨"字是这三句的核心。但遭受打击还不是最可悲的事，最可悲的是寻遍天下，知音稀有，无人能够理解和支持自己的事业与理想。上片后二句，化用岳飞词意，表达了与岳飞这位抗金事业的先行者相同的孤独情怀。下片紧接此意，感叹自己虚度光阴，不能有所作为。先用"冉冉"一句点出心中的焦虑感，接着以汀洲被淹，芳草无处寻为喻，叹息才华被淹没，美好时光消逝，自己的理想落了空。末二句，再次诉说人世知音难觅的苦闷。你看，大醉之中唤起屈原来一起唱歌，人世无同调，只能去找冥冥之中的冤魂，作者的精神痛苦有多深，不是可想而知了吗？然而就连这幻想之中的求得泉下知音的境况也不能长久，在阵阵松风中，东方破晓，屈原的鬼魂消失了，作者的酒也醒了，一下子又跌回了现实世界里——末句以景结情，更加重了全篇的伤感幽怨气氛。此词专用比兴，托意高远，意象鲜明，深得屈赋的神韵，是一篇含蕴很深的抒情佳作。

鹧鸪天

游鹅湖醉书酒家壁[1]

春入平原荠菜花[2]，新耕雨后落群鸦。多情白发春无奈[3]，晚日青帘酒易赊[4]。　　闲意态，细生涯[5]，牛栏西畔有桑麻。青裙缟袂谁家女[6]，去趁蚕生看外家[7]。

【注释】

1　鹅湖：鹅湖山，在今江西铅山县东北。山上有湖，多生荷，原名荷湖，东晋人龚氏居山养鹅，因更名鹅湖。山下有鹅湖寺，风景优美，辛弃疾常来此游玩。

2　荠（jì 计）菜：一种二年生草本植物，花白色，野生，茎叶嫩时可以吃。

3　多情白发：因经常愁苦而使头发变得花白。

4　青帘：古时候酒店门前挂的青布招牌。此代指酒店。赊：买货物时延期付款。

5　细生涯：指农家生活过得节俭，精打细算。

6　青裙缟袂（gǎo mèi 稿妹）：白衣黑裙，农村妇女的打扮。缟，白色的生绢。袂，衣袖。这是化用苏轼《於潜女》诗："青裙缟袂於潜女，两足如霜不穿屦。"

7　外家：娘家。

【解读】

　　这首词是作者闲游铅山鹅湖寺时，酒后挥毫，题写在乡村酒店墙壁上的。它以十分欣赏的态度，描写了平静、质朴而清新的农家景象，具有浓厚的农村生活气息，表现出作者退隐后对田园生活的喜爱。上片即景抒情，叙写春日游玩田野引起的感伤。首二句勾画田园景象，以野生的荠菜花作为春天的象征，作为田园的主要景物来描写，辅以雨后落下满地乌鸦的场面，使得意境质朴清新，并饶有野趣。后二句则即景生情，由生机勃勃的春景，反观自己的失意和衰老，不觉感慨系之，遂在斜阳映照下，去寻觅村野酒店，赊酒痛饮以消愁。下片则写作者饮酒时所看到的平静恬淡的农家生活，抚平了他内心的伤感和烦躁。作者没有正面表现自己取得心理平衡的过程，而是通过客观地描写酒店外的景象来暗示自己的心灵已经趋于恬淡平和。"闲意态"三句，赞赏、向往的主观感情色彩很浓，"闲"字、"细"字，尤显出作者的心理变化倾向。结尾二句，摄取村中妇女趁农闲走娘家的生动镜头，目的是展现农村和睦融洽的亲戚关系和淳厚质朴的风俗人情。是这一系列平静、欢乐、祥和的场景感动了作者，化解了他心中的愁烦，酿出了他的诗情，他这才趁醉挥毫，将这一切题写到身边的墙壁上。词写出来了，"多情白发"的词人的感伤情绪也就被驱除得无影无踪了。

鹧鸪天

鹅湖归病起作

枕簟溪堂冷欲秋[1]，断云依水晚来收[2]。红莲相倚浑如醉[3]，白鸟无言定自愁[4]。　书咄咄[5]，且休休[6]，一丘一壑也风流[7]。不知筋力衰多少，但觉新来懒上楼[8]。

【注释】

1　枕簟（diàn 电）溪堂：铺着休养用的枕头和凉席的水边屋子。簟，竹席。

2　断云：片断的云烟。

3　浑：简直，几乎。

4　白鸟：指作者在带湖别墅饲养的白鹤、鹭鸶之类。无言：不鸣，不叫。

5　书咄（duō 多）咄：表示失意和不平的感叹。晋代殷浩被废职后，心中愤愤不平，终日用手指在空中划"咄咄怪事"四字。事见《世说新语·黜免》。书，写。咄咄，表示惊怪的意思。

6　且休休：暂且去寻求美好的退隐生活。唐末司空图隐居山西中条山王官谷，建造了一座"休休亭"，并作《休休亭记》，其中说："休，美也。既休而美具。"（见

《新唐书·卓行传》）此用其意。

7　一丘一壑：指寄情山水，隐居山林，自得其乐。语本《世说新语·品藻》："（晋）明帝问谢鲲：'君自谓何如庾亮？'答曰：'端委庙堂，使百官准则，臣不如亮；一丘一壑，自谓过之。'"

8　"不知"二句：语本刘禹锡《秋日书怀寄白宾客》诗："兴情逢酒在，筋力上楼知。"借以感叹自己因为生病而精力衰退。

【解读】

作者春天游铅山鹅湖回到上饶带湖之后，生了一场病。病愈能起床时，季节已近秋天。他预感秋意，进而心惊于自己的衰老疲惫，怀抱十分萧瑟，感到情不能堪，于是写下这首解闷排忧的词。上片写景，于懒散闲逸中透露出作者心境之孤寂幽单与百无聊赖。首句写病室内的夏季陈设与大病初愈者对气候的敏感。"冷欲秋"三字细腻地传达出抒情主人公肌体的感受，同时又形象地表现出了夏秋交替前气温的变化已经悄悄地开始。从次句起，转写室外景物。次句先总写湖面景色，云烟晚来消散，象征作者的心境也随着病愈而逐渐开朗。"红莲"二句，情景合一，前人评曰："生派愁怨与花鸟，却自然。"（沈际飞《草堂诗馀正集》）用现代术语讲，叫"移情"，写大病初起者的衰态愁容尤为传神入妙。下片笔势陡转，一气直下地排闷遣愁。前三句连用三个典故，集中地反映了作者废退闲居以来内心的牢骚和矛盾。结尾二句，将唐人十分直截简括的五言诗句"筋力上楼知"衍为婉转多姿的两个七言句，顿觉词情含蕴深厚，意态逼真，一种不甘雌伏的受伤猛虎似的情状跃然纸上。需要特别注意的是，不少鉴赏者都把这两句词视为一般的颓唐语，但其实这里的意思并不颓唐。作者不满意于自己的衰迟之态，这证明他心犹壮，志仍坚，还思早日恢复其强悍的"青兕"之雄姿，以图有所作为。所以俞平伯《唐宋词选释》一语中的地评论说："懒上层楼，虽托之精力衰减，仍有烈士暮年的感慨。"

鹧鸪天

鹅湖归病起作

着意寻春懒便回[1]，何如信步两三杯？山才好处行还倦，诗未成时雨早催[2]。　　携竹杖，更芒鞋[3]，朱朱白白野蒿开[4]。谁家寒食归宁女[5]，笑语柔桑陌上来[6]。

【注释】

1　着意：有意，专意。

2　"诗未"句：化用杜甫《陪诸贵公子丈八沟携妓纳凉晚际遇雨》诗："片云头上黑，应是雨催诗。"意谓雨景催促诗句的构思。

3　"携竹杖"二句：语本苏轼《定风波》词："竹杖芒鞋轻胜马。"芒鞋，草鞋。

4　朱朱白白：红红白白。语本韩愈《感春三首》之三："晨游百花林，朱朱兼白白。"

5　寒食：节令名，见前《满江红·暮春》"清明寒食"注。归宁：旧时妇女回娘家向父母问安。《诗经·葛覃》："归宁父母。"朱熹《诗集传》注："宁，安也，谓问安也。"

6　柔桑：刚长出新枝叶的桑树。陌：田间小路。此指桑间小路。

【解读】

这首词也是鹅湖归来病后遣兴之作。不过，同为病后遣兴，本篇与前篇内容与风格却大不相同。前一篇主要是排忧遣愁，调子是沉郁苍凉的；本篇则重在表现一种消闲自适的感情，兼写农村质朴美好的风土人情，风格显得旷达冲淡。单以写景来说，前一篇的景物描写主观化的色彩特别浓厚，本篇却闲闲落笔，客观意味较多。上片写病愈出游的情态。首句"着意"一词，表露出久卧病榻之后急于呼吸新鲜空气的心理；"懒"字则又道出"筋力衰多少"的实际身体状况。第二句具体描写路上饮酒，反映出随缘自适的心态。三四两句进了一层，描述观赏山景作诗的情状，化用杜诗，把自己寻得了乐趣，陶醉在自然风光之中的模样形象地表现出来了。下篇着重写回家的路上所看到的美丽的原野风光和人事，流露出作者对这一切的由衷喜爱。过片二句，补写自己野游的装束打扮，显出闲逸潇洒的风度。"竹杖"暗应标题的"病起"，"芒鞋"则关合上片的"寻春"与"信步"。"朱朱白白"一句，不但写田野的实景，也表现了作者的审美情趣。他在许多词中表露了这样一个朴素的美学观点：春天之美不在娇柔的秾桃艳李，而在山野间生命力顽强的无数野生花朵。因此他的农村词中经常将一般文人不屑一顾的荠菜、野蒿、稻花等作为赞赏和描写的对象。花朵也象征人，这些生机勃勃的野

138

花，不正是朴野而善良的农村人民的最好写照吗？不信请看，那些趁寒食的短暂空闲回娘家的妇女，正从桑间陌上谈笑而来，她们健美的身姿，朴实无华的衣着，与这红红白白的遍地野花相映生辉——词的末二句以描写村姑的形象及其动态作结，饶有情味。好比作一幅农村风景画，最后来个点睛之笔，描出了画中的主体——活鲜鲜的人，使得全局皆活。通篇写人写景，都用白描，色淡意浓，形象饱满生动，从中可见稼轩农村词特色之一斑。

清平乐

村　居

茅檐低小[1]，溪上青青草。醉里吴音相媚好[2]，白发谁家翁媪[3]。　　大儿锄豆溪东，中儿正织鸡笼。最喜小儿亡赖[4]，溪头卧剥莲蓬。

【注释】

1　"茅檐"句：语本杜甫《绝句漫兴》："熟知茅斋绝低小，江上燕子故来频。"

2　吴音：指江西上饶一带的口音。这里古属吴国。相媚好：用绵软好听的语言互相逗趣。

3　翁媪（ǎo袄）：老头儿和老太太。媪，古时对年老妇女的尊称。

4　亡赖：义同"无赖"，这里作"活泼顽皮"解。

【解读】

这是辛弃疾农村词的代表作之一。与他的其他农村题材作品泛写田野风光和无定指人群有所不同的是，本篇选取典型，专写江西上饶地区一个田夫野老之家的生活情态。全篇风格恬淡，笔触清新，画面鲜活生动，溪边农家老少五人各具面目，形象逼真，声吻动态富于立体感，使人读了觉得情景历历如在眼前。其中尤以喝酒谈笑的老头儿老太太和卧剥莲蓬的小儿写得最为传神，完全符合他们各自的年龄、身份和性格特征。短短四十六字的小令竟写出如此丰富的内容，足见作者观察生活之细致入微和艺术概括力之高。诗词作品总是要流露作者的性情怀抱和审美趣味的，这首词虽是客观地反映农村景象，但从其造境之清幽素雅、笔调之闲适从容、人物形象之古野淳厚等方面，也可窥见辛弃疾这个雄豪之士精神世界中纯真质朴、追求朴实平淡之趣的另一面。

清平乐

检校山园书所见[1]

连云松竹[2]，万事从今足。拄杖东家分社肉[3]，白酒床头初熟[4]。　　西风梨枣山园，儿童偷把长竿。莫遣旁人惊去[5]，老夫静处闲看。

【注释】

1　检校：查看。山园：指作者在带湖别墅所开垦的田园。

2　"连云"句：山上松竹茂密，上接云端。

3　社肉：社日（此指秋社）祭神用的肉。

4　"白酒"句：白酒刚刚从糟床里榨出来。床，指糟床，榨酒的工具。

5　遣：让。

【解读】

这首秋日即事的小令，用平实朴素的描述，写出了作者隐居山园期间闲适达观的心情和对农村风土人物的由衷喜爱。上片写自己在带湖别墅里闲散而自得其乐的生活。首句写别墅树木茂密高大的地理环境，次句说在这样一个优美的田园里生活，自己感到万事满足了。三、四两句，自述日常生活的悠闲与满足。秋社祭神的时刻到了，他亲自拄着竹杖去村东头主持祭祀的人家分回自家应得的一份社肉——这肉正好派上用场，自家酒坊里新酿的白酒不是刚从糟床上榨出来吗！平实而简洁的叙事，突显出这位隐居的高士潇洒随和的精神风貌。下片扣合词题"书所见"，主要表现作者和附近村民们的和睦融洽的关系，是本篇最富有生活情趣、最能反映作者心灵世界的部分。村童偷偷潜入果园盗窃，作者丝毫不反感，还命令家人：不要惊动这些顽皮可爱的贫家孩子，让老夫和他们捉捉迷藏！于是他找了一个偏僻的角落躲起来，看着孩子们把刚熟的梨枣打摘个够。这里用极为传神的动态描写，将抒情主人公的胸襟气度表现出来了。作者本是一个以天下为己任的豁达之士，经营带湖山园仅是为了排遣不得志的苦闷，对个人的财产其实并不看重，所以他能与乡村百姓亲密相处，连对不懂事的孩子践踏园林的恶作剧也抱着宽容乃至欣赏的态度。词的下片四句所表现的，就是这种恢宏宽厚的达士风度。

满江红

送信守郑舜举被召[1]

湖海平生[2]，算不负、苍髯如戟[3]。闻道是、君王着意[4]，太平长策[5]。此老自当兵十万[6]，长安正在天西北[7]。便凤凰、飞诏下天来[8]，催归急。　　车马路，儿童泣。风雨暗，旌旗湿。看野梅官柳[9]，东风消息。莫向蔗庵追语笑[10]，只今松竹无颜色。问人间、谁管别离愁，杯中物[11]。

【注释】

1　信守：信州（上饶）太守。郑舜举：见前《千年调》（厄酒向人时）注。被召：奉皇帝圣旨进京。据记载，此次郑舜举自信州奉召入朝，担任吏部考功员外郎。

2　"湖海"句：古时称志在四方的读书人为湖海之士，因而这一句是称赞郑舜举一生抱负远大。

3　"苍髯"句：形容郑舜举容貌威武。语本《南史·褚彦回传》："公主谓曰：'君须髯如戟（jǐ 挤），何无丈夫意？'"又李白《司马将军歌》："紫髯如戟冠崔嵬。"苍髯，黑胡须。戟，古代一种长杆头上附有月牙状利刃的兵器。

4　闻道是：听说是。着意：留心于，专心于。

5　太平长策：能导致长久太平的好计策。

6　"此老"句：据《五朝名臣言行录》卷七注引《名臣传》：北宋时范仲淹镇守延安，西夏军不敢来犯，互相告诫说："今小范老子，腹中自有数万兵甲。"这里借以称赞郑舜举懂军事，有将才。

7　"长安"句：意思是中原失地正等待我们去收复。长安，这里代指被金兵占领的北宋故都汴京（今河南开封）。

8　凤凰飞诏：比喻皇帝的诏令。典出《邺中记》："石季龙皇后在观上，有诏书五色纸，著凤口中，凤既衔诏，侍人放数百丈飞绳，辘轳伵转，凤凰飞下。"

9　野梅官柳：化用杜甫《西郊》诗："市桥官柳细，江路野梅香。"野梅，野生的红梅。官柳，官道上种的柳树。这里借杜诗说明，柳树发芽，红梅绽放，春天已经到来。

10　蔗庵：郑舜举在信州的住所。参见前《千年调·蔗庵小阁名曰厄言作此词以嘲之》"蔗庵"注。

11　杯中物：指酒。语本陶渊明《责子诗》："且进杯中物。"

【解读】

宋孝宗淳熙十三年（1186）冬末，信州守郑舜举被召赴临安。此词为送行之作。像稼轩词中的许多赠别之作一样，本篇既表现作者与抗战派友人的深情厚谊，又在友人身上寄托了实现进步的政治主张的希望。上片称赞郑舜举的人品才干，并希望他此去能对国家有所贡献。首二句，赞其不凡的胸襟与威武的容貌。接下来的三句，以"闻道是"的口吻，幻想皇帝检讨国策，积极采取能够真正导致长远太平的北伐抗金方略。"此老"二句，是一种期许，说是以郑舜举的雄才大略，应该到收复失地的大事业中去派用场。从有限的历史材料来看，郑这个人或许没有作者期许的这么杰出和能干，所以这里作者是借他人酒杯浇自己胸中块垒，更多的是在自显其志。"便凤凰"二句，方才扣合到"被召"的题面上来，祝贺郑升迁进京。下片写送别的动人场面和自己对友人的依依不舍之情。过片的四个三字短句，简洁而生动地写出了信州百姓对一个卓有政绩的爱民地方官的留恋。"看野梅"二句折出，祝友人一路平安，春风得意，早些捎回振奋人心的消息。末尾四句写到自己对郑的深挚友情，词意婉转，不正面说你去后我会想你，却说你走后我就没心思去你居住过的地方了，因为那里的一草一木都将因你的离去而失去光彩！这是以虚拟之笔来写实在之情，以加一倍的写法来烘托情感，使之显得更深沉。有了这个铺垫，末句的以酒消愁的举动就不落俗套了。

八声甘州

夜读《李广传》[1]，不能寐[2]，因念晁楚老、杨民瞻约同居山间[3]，戏用李广事，赋以寄之。

故将军饮罢夜归来，长亭解雕鞍。恨灞陵醉尉，匆匆未识，桃李无言[4]。射虎山横一骑，裂石响惊弦[5]。落魄封侯事[6]，岁晚田园。谁向桑麻杜曲，要短衣匹马，移住南山[7]。看风流慷慨，谈笑过残年[8]。汉开边、功名万里[9]，甚当时、健者也曾闲[10]？纱窗外，斜风细雨，一阵轻寒[11]。

【注释】

1　李广传：即司马迁《史记》中的《李将军列传》。李广（？—前119），西汉名将。陇西成纪（今甘肃秦安）人。他率军抵御匈奴入侵，英勇善战，匈奴数年不敢攻扰，称之为"飞将军"。但遭遇不好，不但未被封侯，还多次被罢免或降职，最后被迫自杀。

2　不能寐：不能入睡。

3　晁楚老、杨民瞻：辛弃疾的朋友，生平不详。

4　"故将军"五句：据《史记·李将军列传》，公元前129年，李广因与匈奴作战失利被罢官，闲居在长安附

147

近的终南山。一天在外打猎，同别人在田间饮酒，深夜醉归，经过灞陵亭。亭尉也喝醉了酒，呵斥李广，不让通行。李广的从人说："这是故李将军。"亭尉说："现任将军尚且不准夜行，何况故将军！"命令李广宿于亭下。这五句就是简括叙述这个故事。"桃李无言"，是汉代民谚"桃李无言，下自成蹊"的略写，意思是：桃李虽不会说话，但喜爱它们的人络绎不绝，在树下踩出了路来。司马迁在《李将军列传》末尾引用这个谚语来赞美李广虽不善辞令，但却是一个天下景仰的英雄。

5 "射虎"二句：同上《李将军列传》载：一次李广出猎，误将草中巨石认成虎，引弓发箭猛射，箭中石头，连同箭羽都没入石中。一骑，单人匹马。指李广。惊弦，强烈的弓弦声。

6 "落魄"句：同上《李将军列传》载，自从汉朝抗击匈奴以来，李广没有一次不在其中，他参加过大小七十馀战，战功累累，但一直未得封侯。落魄，失意，不得志。

7 "谁向"三句：化用杜甫《曲江三章》："自断此生休问天，杜曲幸有桑麻田。故将移住南山边，短衣匹马随李广，看射猛虎终残年。"杜曲，地名，在长安（今西安）城南。短衣匹马，射猎的装束。南山，即终南山，李广罢官后住此。

8 风流慷慨：指英雄的风度和行为，即上文所说的罢官后不去经营田园，而是去射猎练武。残年：晚年，老年。

9　开边：开辟疆土。功名万里：在万里边疆建立功名。

10　甚：为什么。健者：语本《后汉书·袁绍传》："天下健者，岂惟董公。"指强健勇武的英雄人物。

11　"纱窗外"三句：用苏轼《和刘道原咏史》诗："独掩陈编吊兴废，窗前山雨夜浪浪"句意。

【解读】

辛弃疾罢官隐居期间所写的作品中多次提到李广，这是因为李广的不幸遭遇使他常常联想到自己。这首词就是借李广闲居终南山的一段故事，暗喻自己无端落职、赋闲家居的处境，表示了对现实社会中的当权集团的不满。作者发思古之幽情的目的，完全是为了申诉自己的不平。上片写李广终南山射猎夜归一事，讽刺了势利的灞陵尉，对李广的遭遇表示深切同情。一上来五句，先概括描写李广灞陵亭受辱一事。接下来"射虎"二句，赞扬李广非凡的勇力和武艺，这恰好反衬了他所受到的不合理待遇，进一步烘托出他悲剧性的命运。以下"落魄"二句语意双关，既写历史英雄的落魄，也暗示自己的失意。其中"田园"既指李广的闲居地，也关合自己现在的乡间住所。这就为下面的议论和抒情作了有力的铺垫。下片突起高昂之调，抒写自己虽遭打击而意志不衰的壮士怀抱。首五句，表示决不甘心默默无闻地老死田园，要学李广那样风流慷慨、自强不息地度过晚年。以下"汉开边"二句，意思来了一个转折，通过对汉代亏待英雄这一事件的质问，实际上把矛头指向了当代那些排斥打击忠良之士的当权派，语意愤激，借古讽今的倾向一望可知。末三句以景结情，暗用苏轼诗句意，表示对历史的反思和对现实处境的困惑，意蕴又变得十分含蓄，引人深思。

浪淘沙

山寺夜半闻钟

身世酒杯中，万事皆空。古来三五个英雄。雨打风吹何处是，汉殿秦宫？　　梦入少年丛，歌舞匆匆。老僧夜半误鸣钟[1]。惊起西风眠不得，卷地西风。

【注释】

1　夜半误鸣钟：宋胡仔《苕溪渔隐丛话》前集卷二三引《王直方诗话》："欧公言：唐人有'姑苏城外寒山寺，夜半钟声到客船'之句，说者云：'句则佳也，其如三更不是撞钟时。'"此句即以此记载为依据。

【解读】

此词大约为作者在带湖隐居的晚期所作，它从"山寺夜半闻钟"所触发的复杂心绪，来抒写身世家国的深沉感慨。从意境产生的过程来说，应是先"闻钟"而后引发感慨，但词中却倒将过来，先抒发感慨，而后再补写一下"闻钟"。可见感慨是早就郁积满胸的，一遇机会就会喷薄而出；而"闻钟"却带有随机性，仅是触发感情的一个偶然事件。词的首二句，即以深沉的感慨开头。这里是说自己身世坎坷，万事不如意，只好借酒浇愁。说"万事皆空"，虽是用的佛家语，却不是佛家"四大皆空"、"万境归空"等意思，无非是夸张地表现对现实社会失望情绪之强烈而已。接下来的三句，具体写出自己感慨最深的社会历史现象。"古来"一句，作者有意说得笼统模糊，让人难以贸然解说其确切含义。但我认为，联系作者在其他作品中多次流露的知音难觅的苦恼心情，这里也是表达如陈子昂《登幽州台歌》"前不见古人，后不见来者"那样的伟大孤独者的寂寞感。当然，英雄感怆，远不止一己的穷达，更在于国家的兴亡和历史的变迁。"雨打"二句，从感叹个人身世转到议论国家、历史的大事。既悲叹前朝的陵迁谷变，亦暗含对北宋灭亡的悼念。词的下片方回到"夜半闻钟"的题面上来。"梦入"三句，写独宿山寺，梦中回到少年欢乐时代，不料被老僧夜半胡敲钟给惊醒，醒来发现一切皆空！这就与开头的"万事皆空"暗中呼应，使全篇意脉贯串，消去了因先发感慨后写"闻钟"给人带来的突兀感。末二句，以梦醒后所见所感来表现自己现实处境的凄凉和寂寞，更加重了全篇的悲剧气氛，突出了抒情主人公个人身世的悲剧色彩。

鹧鸪天

代人赋

陌上柔桑破嫩芽[1]，东邻蚕种已生些[2]。平冈细草鸣黄犊[3]，斜日寒林点暮鸦[4]。　　山远近，路横斜，青旗沽酒有人家[5]。城中桃李愁风雨，春在溪头荠菜花[6]。

【注释】

1　陌上：田间的路上。破嫩芽：冒出了嫩芽。

2　些：一些，少许。

3　平冈：平坦的小山坡。细草：春天柔嫩的小草。黄犊：小黄牛。

4　"斜日"句：一群归宿的乌鸦起落在夕阳斜照的寒林上。按，这两句是化用王安石《题舫子》诗："爱此江边好，留连至日斜。眠分黄犊草，坐占白鸥沙。"

5　青旗：酒店门口悬挂的招徕顾客的青布幌子。

6　"春在"句：溪边繁茂的荠菜花春意盎然，显出一派生机。

【解读】

这是一幅清新秀丽的江南农村初春生活图画。上片所写的柔桑、幼蚕、细草、黄犊等，都是因春而起、生机勃勃的动物和植物。通过将它们有机地编织入画，就饶有生趣地展现出一片欣欣向荣的初春景象。下片头三句，则由景物转写到人事。末二句是一篇主旨所在，将城中桃李与乡野荠菜花对照描写和议论，表现了作者顽强的个性和清新朴素的美学思想。桃李一到春天就浓妆艳抹，竞斗美色，表面看来，春天似乎因它们而生辉，因它们而热闹。然而实际情况并不如此。桃李生命力并不顽强，它们愁风畏雨，一遭风雨摧残，就红消香断，化为尘泥。只有那溪头野生的荠菜花，它们姿色平平，朴朴素素，默默无闻，城里人似乎不屑于看它们一眼。可它们生机旺盛，在广阔天地里顽强地成长，能禁受风雨的侵袭。人们有理由认定，春天不在城中桃李那里，而是在乡野荠菜花丛之中。这首词所表达的这个意思，与苏轼《望江南》下片："微雨过，何处不催耕？百舌无言桃李尽，柘林深处鹁鸪鸣，春色属芜菁。"词意略同，皆以城市生活繁华难久，不如乡野常得春意。辛词显然受了苏词启发。但比之苏词，这一首对比更鲜明，描写更为集中和强烈，其艺术形象更有典型意义。

蝶恋花

戊申元日立春席间作[1]

谁向椒盘簪彩胜[2]？整整韶华[3]，争上春风
鬓[4]。往日不堪重记省[5]，为花长把新春恨。

春未来时先借问，晚恨开迟，早又飘零近。
今岁花期消息定，只愁风雨无凭准。

【注释】

1　戊申：宋孝宗淳熙十五年（1188）。元日：农历正
月初一。《初学记》卷四："正月为端月，其一日为元日。"
立春：节气名，为农历二十四节气之首。

2　椒盘：《尔雅翼》："过腊一日谓之小岁，拜君亲，
进椒酒……后世率以正月一日以盘进椒，号椒盘。"簪：
插戴在头上。彩胜：即春幡、春胜、幡胜。宋代士大夫之
家多于立春之日剪彩绸为春幡，或悬于家人之头，或缀于
花枝之下，或剪为春蝶、春钱、春胜等以为戏。见《东京
梦华录》、《梦粱录》。

3　整整：齐齐正正，停停当当。韶华：美好的春光，
也指青春。

4　春风鬓：春风吹拂的两鬓。

5　记省：回忆，回首。

【解读】

这首词作于淳熙十五年（1188）正月初一日。这一天刚好是立春，作者遂以立春为题，寄托自己忧国忧民的情思。上片通过节日里众人忙闹欢腾而自己却索然无味的对比描写，揭示自己与众不同的感伤情怀。头三句用自问自答的形式，写出节日里不知忧愁为何物的年轻人们的欢乐。四、五两句勾转一笔，说自己并非不热爱生活，而是痛感无忧无虑的生活对于自己早已成为"往日"的遥远回忆；而今因为"花"的开落无凭，常把新来的春天怨恨，再没有春天一来就高兴的旧态了。下片专写对"花期"的担忧和不信任，婉转曲折地表达了对"花期"既盼望又怀疑最终还是热切盼望的矛盾复杂心情。作者是一位抱负远大的政治家兼军事家，而不是嘲风月弄花草的一般文人，因而这里的"花期"显然具有政治象征意蕴。试看词中的意象描写，与作者南归二十七年来的时局变化和他政治上的遭遇与心情是完全扣合的。在这二十七年中，国事曾有过几次转机，孝宗皇帝也曾多次发愿要光复故土，打回北方，作者也曾为这一次次的"花期"而激动，而奋起。可"花期"一次次因为政治上的各种"风雨"而迟误或夭折了。以后该还会有什么喜事来临吧？可谁知凶恶的风风雨雨还会怎么折腾！通篇比兴深婉，含而不露，将政治上的大悲感和人生的大愁苦表达得十分深沉动人。

贺新郎

陈同父自东阳来过余[1]，留十日，与之同游鹅湖，且会朱晦庵于紫溪[2]，不至，飘然东归。既别之明日，余意中殊恋恋，复欲追路，至鹭鸶林[3]，则雪深泥滑，不得前矣。独饮方村，怅然久之，颇恨挽留之不遂也。夜半投宿吴氏泉湖四望楼，闻邻笛悲甚，为赋《乳燕飞》以见意[4]。又五日，同父来书索词，心所同然者如此，可发千里一笑。

把酒长亭说[5]。看渊明、风流酷似，卧龙诸葛[6]。何处飞来林间鹊，蹙踏松梢残雪[7]。要破帽多添华发[8]。剩水残山无态度[9]，被疏梅、料理成风月[10]。两三雁，也萧瑟[11]。　　佳人重约还轻别[12]。怅清江、天寒不渡，水深冰合。路断车轮生四角[13]，此地行人销骨[14]。问谁使君来愁绝？铸就而今相思错，料当初、费尽人间铁[15]。长夜笛，莫吹裂[16]。

【注释】

1　陈同父：陈亮（1143—1194），字同父，号龙川，婺州永康（今浙江永康）人，南宋著名爱国人士，思想家，词人。他坚决主张抗金，屡遭统治者迫害。与辛弃疾是志同道合的朋友。东阳：即今浙江金华。过：这里当拜访、访问讲。

2　朱晦庵：南宋理学家朱熹（1130—1200），字元晦，号晦庵。紫溪：地名，在江西铅山县南四十里。

3　鹭鸶林：地名，在上饶县毛村铺至铅山县太平桥之间。下文提到的"方村"，即在鹭鸶林附近；泉湖四望楼，旧址在今上饶西茶亭乡附近。兹不另注。

4　乳燕飞：为《贺新郎》词牌的别名。

5　把酒：举起酒杯。长亭：这里用以代指送别之地。

6　"看渊明"三句：赞扬陈亮倜傥不羁的潇洒风度很像陶渊明，而其胸中的抱负和韬略又极似高卧隆中的诸葛亮。渊明，指东晋大诗人陶渊明。卧龙诸葛，指三国蜀汉丞相诸葛亮。诸葛亮隐居隆中时，徐庶向刘备推荐他，说："诸葛孔明者，卧龙也，将军岂愿见之乎?"见《三国志·蜀书·诸葛亮传》。

7　蹙（cù促）踏：用脚踩踏。

8　"要破帽"句：是说喜鹊踏下来的残雪落在破帽上，好像又增添了白头发。

9　无态度：不成样子，不好看。

10　料理：安排，装点。风月：风光。

11　萧瑟：萧条，凄凉。

12　佳人：品貌端庄、才华出众的人。指陈亮。重约：看重原先的约定。按，五年前，即淳熙十年时，陈亮就与辛弃疾相约来访，旋即被诬下狱，未能践约，此次是专为兑现旧约而来，故曰"重约"。轻别：轻易地离别了。

13　车轮生四角：见前《木兰花慢·席上送张仲固帅兴元》"车轮四角"注。

14　销骨：伤神而致痛彻入骨。语本孟郊《答韩愈李观因献张徐州》诗："富别愁在颜，贫别愁销骨。"

15　"铸就"三句：据《资治通鉴》卷二六五记载，唐末魏博节度使罗绍威借助朱全忠的力量击败了魏承嗣的军队，但罗绍威供给朱全忠军队所用军资、粮食、牛羊等等，耗费巨大，把本镇积蓄都花光了。罗后悔地说："合六州四十三县铁，不能为此错也。"以铸造错刀（一种钱币）比喻酿成重大的过错。相思错，这里指没有能挽留住陈亮的错误。

16　"长夜笛"二句：据《太平广记》卷二〇四记载，唐代著名笛师李謩有一次在宴会上遇见一位独孤生，此人很会吹笛，把普通的笛子都一一吹裂了。最后李謩把自己珍藏的一支好笛子拿出来，独孤生预言此笛吹奏到乐曲"入破"处会破裂。一试果然如此，李謩乃拜服。作者借用此典，是说邻家的笛子吹得太悲凉，希望他不要把笛子吹裂了，那样就会使人更伤悲。

【解读】

辛弃疾和陈亮都是南宋著名的政治、文学精英，辛、陈"鹅湖之会"更是南宋政治史和文学史上的一段佳话。这首词就是"鹅湖之会"后所作,它尽兴地抒写了二人之间深挚的情谊,具有深刻的思想意义和文学意义。上片一开头,就用历史上的杰出人物来比拟陈亮,给与他的风度才识以极高的评价。用陶渊明来比拟陈亮不同流俗的高洁志趣,用诸葛亮来比拟其治国平天下的非凡才干。从"何处飞来"句开始,写送别陈亮时的寒冬景色,借以渲染自己悲凉的心境和当时衰败的政局。尤其是"剩水残山"三句,堪称上片抒情意境的中心:上一句形象地描绘出宋朝山河破碎、偏安一隅的残局;下一句则含蓄地歌颂抗战派支撑国家的危局,把他们暗喻为犯寒而开、为严冬生色的红梅。寓情于景,格外感人。下片则写作者追赶陈亮,为风雪所阻,惆怅而归的情景,表现了二位政治知音之间的高尚友谊。前一半极力描绘追赶陈亮途中遇到的种种困难,实际上也暗示了政治斗争和人生道路上的不顺利。"问谁"一句,虚拟一问,以表露自己的忧愁,是从写景到抒情的转折。以下一气贯注,如飘风骤雨,倾诉了对友人极为浓烈的相思之情。结尾"长夜笛,莫吹裂"二句,以悲痛的情语收束全词,再一次突出了作者心绪的哀切和相思的绵远。

贺新郎

同父见和，再用韵答之[1]

老大那堪说？似而今、元龙臭味[2]，孟公瓜葛[3]。我病君来高歌饮[4]，惊散楼头飞雪。笑富贵、千钧如发[5]。硬语盘空谁来听[6]？记当时、只有西窗月。重进酒，换鸣瑟[7]。　　事无两样人心别。问渠侬[8]：神州毕竟，几番离合[9]？汗血盐车无人顾[10]，千里空收骏骨[11]。正目断、关河路绝[12]。我最怜君中宵舞[13]，道男儿、到死心如铁。看试手，补天裂[14]。

【注释】

1　同父见和，再用韵答之：陈亮收到辛弃疾的《贺新郎》（把酒长亭说）一词后，步辛词原韵和了一首回寄带湖，辛弃疾读了陈亮的和词以后，又步原韵写了这一首酬答他。

2　"元龙"句：意谓陈亮是像三国时陈登那样的湖海豪士，自己觉得和他性情趣味相投。陈登字元龙，有湖海之豪，参见前选《水龙吟·登建康赏心亭》"求田"三句注。臭味，指性情趣味相投。

3　"孟公"句：西汉名士陈遵字孟公，性豪爽，嗜

161

酒，好客。其事见《汉书·游侠传》。瓜葛，连带关系，指交游。这里以陈亮比陈遵，说他像陈遵一样豪爽好交游，这一点也与自己十分投合。

4　我病君来：指淳熙十五年（1188）冬陈亮来访时，辛弃疾正病卧于带湖别墅的雪楼上。

5　"笑富贵"二句：别人把富贵看得千钧重，我们却把它看得像一根头发丝那么轻。钧，古时重量单位，一钧为三十斤。千钧形容分量之重。

6　硬语盘空：语本韩愈《荐士》诗："横空盘硬语，妥帖力排奡。"原意指诗歌语言刚硬，这里借指作者和陈亮的政治言论刚直强硬，不合时宜，不合当权者的口味。

7　"重进酒"二句：指二人彻夜长谈时一次又一次地斟酒，一遍又一遍地变换演奏的乐曲。

8　渠侬：江浙方言，称自己为我侬，称他人为渠侬。这里的渠侬指杭州小朝廷的那些当权人物。

9　离合：离，指中原沦陷，祖国分裂。合，指国家恢复统一。

10　"汗血"句：喻指人才被埋没和受屈辱。汗血，古代西域大宛国产的一种骏马。《汉书·武帝纪》应劭注："大宛旧有天马种，蹋石汗血，汗从前肩髆出，如血，号一日千里。"盐车，典出《战国策·楚策四》：一匹骏马被人用来拖着笨重的盐车上太行山，中途蹄损膝折，全身溃烂，还被强迫继续拉车上行。无人顾，无人理睬。

11　"千里"句：据《战国策·燕策一》记载，燕昭王想招贤，郭隗就给他讲了这样一个故事：古时有个国王想买千里马，有人替他花五百金买了一副死马骨，国王大怒说："我要的是千里马，你为何买死马？"这人说："死马都肯出五百金，何况活马！这样做，人家都知道您买马的诚意了。"果然不到一年，国王就买到了三匹千里马。这句反用这个典故，说明南宋时，真正的人才不得重用，就像被人虚伪地收买的死马骨，生前无人理睬，死后才被供起来。

12 "关河"句：这是以眼前的大雪阻路比喻收复中原的路被人阻绝。

13 中宵舞：典出《晋书·祖逖传》："（祖逖）与司空刘琨俱为司州主簿，情好绸缪，共被同寝。中夜，闻荒鸡鸣，蹴琨觉曰：'此非恶声也。'因起舞。琨、逖并有英气，每语世事，或中宵起坐，相谓曰：'若四海鼎沸，豪杰并起，吾与足下当相避于中原耳。'"这里以祖逖、刘琨比喻作者与陈亮之间的关系。

14 补天裂：古代神话有女娲炼石补天的故事，见前选《满江红·建康史帅致道席上赋》"袖里"二句注。这里比喻要收复中原失地，完成统一大业。

【解读】

此词作于淳熙十六年（1189）春天，是作者读到陈亮的和词以后，又忆起去年冬天鹅湖之会的情景而写的。本篇与前面的"把酒长亭说"一阕堪称姊妹篇：前一篇主要写作者与陈亮之间的深挚情谊，并表达了相思之意；本篇则着重抒写二人怀才不遇的共同苦闷，并表示了坚决抗敌至死不渝的共同意志。上片仍承前一首《贺新郎》的馀意，写辛、陈二人思想一致、志趣相投的知音关系，并进而写出二人所共有的不慕荣华富贵，只为国家献身的高尚品德。首四句连用二典，用两个姓陈的古代豪士比拟陈亮，表示自己与他趣味相投。"我病"二句赞陈亮的豪放之风。"笑富贵"二句单独是一个意思，说明二人胸次不凡，品德高尚。"硬语"四句则凸现了二位战友曲高和寡、知音稀少的孤独处境。下片集中抒写二人共同的政治志向。过片一句，叹息人们立场不同，对收复中原的看法就天差地别。言外之意说，抗敌的主张缺乏积极响应与认真实行的人。"问渠侬"二句，质问南宋当权集团：祖国分裂的局面要持续到什么时候？"汗血"二句，进一步指斥当权集团糟蹋人才、摧残抗战派人士的恶劣行径。"正目断"句，慨叹在这样的政治形势下恢复大业寸步难行。结尾四句是本篇最后一个抒情段落，它刻画出一个坚贞不屈、慷慨豪壮、以天下为己任的爱国志士的光辉形象。这既是陈亮的写照，又是作者自己爱国精神的迸发，同时也可以说是表达了当时一切爱国者的共同心声。此词雄放苍凉，慷慨悲壮，音节铿锵，读之字字响亮，觉其如金石掷地有声，它是辛词、同时也是辛派的代表作之一。

贺新郎

用前韵送杜叔高[1]

细把君诗说。恍馀音、钧天浩荡[2]，洞庭胶葛[3]。千丈阴崖尘不到[4]，惟有层冰积雪[5]。乍一见、寒生毛发。自昔佳人多薄命[6]，对古来、一片伤心月。金屋冷[7]，夜调瑟。　　去天尺五君家别[8]。看乘空、鱼龙惨淡[9]，风云开合。起望衣冠神州路[10]，白日消残战骨。叹夷甫、诸人清绝[11]！夜半狂歌悲风起，听铮铮、阵马檐间铁[12]。南共北，正分裂。

【注释】

1　用前韵：用赠陈亮的《贺新郎》（把酒长亭说）一阕的韵。杜叔高：杜斿，字叔高，金华兰溪（今属浙江）人。弟兄五人都很有才华，人称"金华五高"。叔高为老三，工于诗，陈亮曾称赞他："叔高之诗，如干戈森立，有吞虎食牛之气，而左右发春妍以辉映于其间。"（《复杜仲高书》）

2　恍：恍然，宛若。钧天浩荡：是赞美杜叔高的诗情韵悠远，如仙乐回荡于九天之上。《史记·赵世家》载：赵简子得病，五天不省人事，醒来后对人说："我之帝所甚乐，与百神游于钧天，广乐，九奏万舞，不类三代之乐。"钧天，指天帝所居之仙境。

3　洞庭：据《庄子·天运篇》载，"黄帝张咸池之乐于洞庭之野……其声能短能长，能柔能刚，变化齐一，不主故常。"胶葛：空旷深远。司马相如《上林赋》："张乐乎胶葛之寓"。郭璞注："言旷远深貌也。"这句也是赞美杜叔高的诗神奇美妙，意境高远。

4　"千丈"句：形容杜叔高诗境高洁，如同高高的山崖不染尘埃。阴崖，太阳照不到的高崖。

5　层冰积雪：亦喻境界高洁。语本屈原《九歌·湘君》："桂棹兮兰枻，斲层冰兮积雪。"

6　"自昔"句：化用苏轼《薄命佳人》诗："自古佳人多命薄，闭门春尽杨花落。"

7　金屋冷：据《汉武故事》载，汉武帝小时候对姑母说："若得阿娇作妇，当作金屋贮之也。"武帝即位后，立阿娇为皇后，不久阿娇因失宠被幽闭于长门宫。这里以"金屋冷"喻指杜叔高在当代受到冷遇。

8　"去天"句：是说杜叔高家是有名的世家大族，与一般人家有别。北朝时，长安城南韦、杜二大族最受皇帝宠信，势力很大，当时民谣说："城南韦杜，去天尺五。"（见《辛氏三秦记》）杜家为金华大族，而金华离临安不远，故以"去天尺五"的北朝杜氏喻之。

9　乘空：飞上天空。鱼龙惨淡：这里比喻政局险恶，妖魔横行。鱼龙，水中怪物。

10　衣冠：语本《论语·尧曰》："君子正其衣冠，尊其瞻视。"此代指华夏传统文明。神州：指被金人占领的广大中原地区。

11　"叹夷甫"二句：西晋末宰相王衍字夷甫，是一个清谈误国的人。参见前选《水龙吟·甲辰岁寿韩南涧尚书》"夷甫"三句注。这里"夷甫诸人"暗指南宋当权者。清绝，崇尚清谈到了极点。

12　铮铮：金属撞击所发出的清脆响声。檐间铁：屋檐下的风铃，称为"铁马"，又名"檐马"。

【解读】

此词也作于淳熙十六年（1189）。作者与陈亮互相以《贺新郎》赠答以后不久，杜叔高也来带湖做客。作者与他亲切晤谈，并读了他的诗集。叔高告别时，作者用与陈亮唱和词的韵写了本篇相赠。此词虽是赠给另一个友人的，但其思想内容和艺术风格却与前两首相一致，值得并读共赏。上片写杜叔高的文学成就、思想品格和不得意的处境。前面六句，通过赞颂杜叔高的诗歌来赞颂其人。这样一位才高品洁的人却郁郁不得志，真是一件值得惋惜的事。故以下四句，紧接对他的赞美，满怀同情地写了他的不遇与失意。佳人薄命、冷宫调瑟的比喻，既写杜叔高，也暗写自己，更泛及一切遭遇相同的才士们。这一点，从"自昔"、"多"、"古来"等字眼就可以看出来。这就赋予了这段感叹人才被压抑的文字以比较深刻的社会历史意义。下片放眼时局，纵论时事，表达了渴望投入战斗，实现祖国统一的迫切心情。过片借"去天尺五"的典故，劝导杜叔高既然怀经世之才，就应该站得高看得远。"看乘空"以下写的就是站在高处所看到的严酷现实：国家分裂已久，中原战骨已消，不能再忍耐下去了；可是恢复无门，因为政坛上坏人横行，风云多变，极不清明，特别是那些清谈误国的王衍式的人物，正在窃弄权柄，葬送国家。这里言外之意是提醒杜叔高正视现实，担当起重任，而不是叫他灰心退避。接下来"夜半"三句，由檐间铁马鸣风而思跃马杀敌，全词气概顿时大振。而末尾"南共北，正分裂"的悲愤之语，更是提醒人们：振作精神为国效力，早日结束这种山河分裂的局面！通篇由人及己，由个人到全局，层次分明，步步逼近，越写越深入，最后引出了爱国抗战的思想主题。

破阵子

为陈同父赋壮词以寄之¹

醉里挑灯看剑²，梦回吹角连营³。八百里分麾下炙⁴，五十弦翻塞外声⁵。沙场秋点兵。

马作的卢飞快⁶，弓如霹雳弦惊⁷。了却君王天下事⁸，赢得生前身后名。可怜白发生！

【注释】

1 陈同父：即陈亮，见前《贺新郎》（把酒长亭说）"陈同父"注。

2 挑灯：把油灯拨亮。看剑：语本杜甫《夜宴左氏》诗："检书烧烛短，看剑引杯长。"又，北宋刘斧《青琐高议》卷三载高言诗："男儿慷慨平生事，时复挑灯把剑看。"

3 梦回：梦醒。吹角：吹响号角。连营：连绵不断的军营帐幕。

4 八百里：指牛。《世说新语·汰侈》："王君夫有牛，名八百里驳。"麾（huī 辉）下：部下。炙（zhì 制）：烤熟的肉。这句是说，把烤熟的牛肉，分给部下一起吃。

5 五十弦：本指古乐器瑟。李商隐《锦瑟》诗："锦瑟无端五十弦。"此泛指军中各种乐器。翻：演奏。塞外声：边塞的音乐。其声调激昂雄壮。

6 的卢：古代烈性名马。《相马经》："马白额入口齿者，名曰榆雁，一名的卢。"据《三国志·蜀书·先主传》：刘备所骑马名的卢，一次刘备"骑的卢走渡襄阳城西檀溪水中，溺不得出，备急曰：'的卢，今日厄矣，可努力！'的卢乃一踊三丈，遂得过"。这里用以泛指战马。

7 "弓如"句：《南史·曹景宗传》载，曹景宗对人回忆他少年时在家乡与同辈数十人骑马练武，"拓弓弦作霹雳声，箭如饿鸱叫……此乐使人忘死"。这里借以描写抗金战场景象。

8 了却：这里当"完成"讲。天下事：指收复中原的大业。

【解读】

此词大约写于作者与陈亮用《贺新郎》词调唱和之后不久。它通过对青年时期横戈跃马的战斗生活的深情回忆和对北伐胜利的无限向往，慨叹自己和友人报国无门，表现了壮志难酬的苦闷。近人梁启超评此词："无限感慨，哀同父，亦自哀也。"（梁令娴《艺蘅馆词选》丙卷引）这个评语抓住了此词的主旨。这篇作品结构章法十分奇特：它打破了一般作词以一片为一个段落的成规，从开头"醉"与"梦"写起，一气贯注，冲破上下片之间的界限，至下片快结束处"赢得生前身后名"一句方才顿住，成为一个段落。这是以回忆和想象的方式，痛快淋漓地宣写战

170

士的生活、战士的豪情和战士的心愿。最后一句单独成一段，作大反跌，鲜明地突显了理想和现实的矛盾。由于对比强烈，反跌有力，所以十分感动人。此外，这首词多用对偶，但词情却丝毫不因此而显得呆板，反而气势磅礴，神采飞扬，原因在于作者善于运用这个词调奇偶相生的句格，巧妙地以单句的承接来缓解偶句的凝重，使得格局开阖动荡，摇曳生姿，一股灵气顺其势而通贯全篇，足以畅发胸中的豪情与哀思。

鹊桥仙

己酉山行书所见[1]

松冈避暑，茅檐避雨，闲去闲来几度[2]。醉扶怪石看飞泉，又却是、前回醒处。　　东家娶妇，西家归女[3]，灯火门前笑语。酿成千顷稻花香，夜夜费、一天风露。

【注释】

1　己酉：即宋孝宗淳熙十六年（1189）。

2　几度：几次，几回。

3　归女：嫁女。归，"于归"的省写，指女子出嫁。

【解读】

这首农村词写的是淳熙十六年（1189）夏天的一个黄昏作者在上饶山野中旅行时的所见所闻。整首词都是写山行，但上下片侧重点有所不同。上片写作者自己山行的潇洒情态，其中虽也有客观景物的描写，但只是为了烘托"我"的闲暇意趣。首三句，点明这个风景优美的所在是自己常常经行之地。使用动词灵活多变，使得画面动态横生。两个"避"字和一"去"一"来"，用得很妙，说明是屡次光顾此地，喜欢田园风光的心情溢于言表。"闲"

字两次使用，更显出游玩兴致之高。以下"醉扶"二句，写自己在路上的醉态，细节非常逼真。扶怪石，看飞泉，既写人的动态，又画出景物的特征。"又"和"却"两个虚字，活画出醉眼蒙眬中对旧游之地"似曾相识"的惊喜之态。下片则侧重客观之景，用简洁生动的白描之笔，绘出一幅山村风俗民情画。村里娶妇嫁女的场面，富有生活气息。"笑语"一词，用动态描写点染热闹场面，下字准确精炼。末二句"酿成千顷稻花香，夜夜费一天风露"是辛词名句，它通过对即将成熟的农作物的赞美，既补画出农家欢乐的美好背景，也流露出作者对农村丰收景象的由衷喜悦。

水调歌头

送杨民瞻[1]

日月如磨蚁[2]，万事且浮休[3]。君看檐外江水，滚滚自东流。风雨瓢泉夜半[4]，花草雪楼春到[5]，老子已菟裘[6]。岁晚问无恙，归计橘千头[7]。

梦连环[8]，歌弹铗[9]，赋登楼[10]。黄鸡白酒[11]，君去村社一番秋。长剑倚天谁问[12]，夷甫诸人堪笑[13]，西北有神州[14]。此事君自了[15]，千古一扁舟[16]。

【注释】

1 杨民瞻：作者的朋友，参见前选《八声甘州》（故将军饮罢夜归来）注。

2 "日月"句：《晋书·天文志》："日月东行而天牵之以西没，譬之蚁行磨石之上，磨左旋而蚁右去，磨急而蚁迟，故不得不随磨以左旋焉。"意谓宇宙像磨盘，日月像磨盘上的蚂蚁，日夜不停地随磨盘转动。这里指时光不断地流逝。

3 浮休：语本《庄子·刻意》："其生若浮，其死若休。"这句指万事万物不断地产生和消亡。

4 瓢泉：作者于淳熙末年新觅到的一个乡村住所，

在今江西铅山县境内。

5 雪楼：作者带湖别墅里的一座楼名。

6 菟（tú图）裘：古地名，在今山东境内。据《左传·隐公十一年》："羽父请杀桓公，将以求太宰，公曰：'为其少故也，吾将授之矣。使营菟裘，吾将老焉。'"后人因此将退休养老之所称为菟裘。

7 橘千头：见前《水调歌头》（落日塞尘起）"手种"句注。

8 梦连环：梦还家的意思。语本韩愈《送张道士》诗："昨宵梦倚门，手取连环持。"又，黄庭坚《次韵斌老赠子舟归》诗："昨宵连环梦，秣马待君发。"环与"还"谐音，故以"连环"喻还家。

9 歌弹铗：用战国时齐人冯谖弹铗思归事，见前《满江红》（汉水东流）"腰间"二句注。

10 赋登楼：东汉末年，王粲避中原之乱去荆州依附刘表，曾登江陵城楼，作《登楼赋》，抒发思乡之情。这里借指作诗填词怀念家乡。

11 黄鸡白酒：秋社日宴席的食品。语本李白《南陵别儿童入京》诗："白酒新熟山中归，黄鸡啄黍秋正肥。"

12 长剑倚天：宋玉《大言赋》："长剑耿耿倚天外。"这里用以比喻杰出的军事才能。

13 夷甫诸人：见前《水龙吟·甲辰岁寿韩南涧尚书》"夷甫"三句注。

14 "西北"句：意思是切莫忘记北方失陷的国土。

15　此事：指恢复中原的大事。了：完成。

16　"千古"句：用春秋时吴大夫范蠡泛舟五湖事。见前《摸鱼儿·观潮上叶丞相》"谩教得"三句注。

【解读】

此词大约作于孝宗淳熙末或光宗绍熙初（1189 年或 1190 年）。全篇借送别友人的题目抒写自己对个人身世和国家大事的感慨，重申了自己一贯的抗战恢复的顽强信念。上片感叹时光飞逝，英雄已老，无所作为，只能安排晚年的生活了。一开头连用"日月磨蚁"和"江水东流"两个比喻，感叹大好时光的无可挽回。"风雨"三句，说自己已经经营了隐居之所。"岁晚"二句，以平静旷达的口气，指出自己此生的归宿是经营田园以打发残年。这些自述，看似高兴闲适，实则隐隐透露出壮士投闲的牢骚与哀愁。下片则豪情难遏，满腹牢骚脱口而出。过片三句连用三个语典，为自己、也为友人痛发牢骚与乡愁。"黄鸡"二句，则为友人在秋社时能归家感到高兴。"长剑"三句，将个人命运与国事紧密结合起来，抨击了清谈误国、打击排斥抗战派的南宋当权集团，点出了自己和友人不得志的根源，语意十分愤激。最末二句，以抗金大义相勉励，希望友人能担当起收复北方失地的重任，功成之后再学陶朱公范蠡去隐居。全篇辞气豪迈，情调悲壮，思想鲜明，用典恰切，是体现"稼轩风"的佳作。

踏莎行

庚戌中秋后二夕¹，带湖篆冈小酌²。

夜月楼台，秋香院宇，笑吟吟地人来去。是谁秋到便凄凉？当年宋玉悲如许³。　　随分杯盘⁴，等闲歌舞⁵，问他有甚堪悲处？思量却也有悲时：重阳节近多风雨⁶。

【注释】

1　庚戌：宋光宗绍熙元年（1190）。

2　篆冈：带湖边的一个小山坡。现为上饶地区水动力厂址。小酌：便宴。

3　"当年"句：宋玉，战国时楚国作家，他的《九辩》中有许多悲秋的句子，如"悲哉秋之为气也，萧瑟兮草木摇落而变衰"等等。

4　随分：随意，随便。

5　等闲：平常。

6　"重阳"句：北宋诗人潘大临有"满城风雨近重阳"的名句（见释惠洪《冷斋夜话》卷四）。此处借以暗喻南宋形势风雨飘摇，十分危急。

【解读】

这首描写江西东北部农村秋夜景色的小词，作于绍熙元年（1190）在带湖闲居的时候。作者用清丽的笔触，描绘了中秋后二日"夜月楼台，秋香院宇"的优美环境里恬静怡人的景色，以及这个居所的主人一家"随分杯盘，等闲歌舞"的安逸舒适的生活。但这种赏心悦目的景致和优哉游哉的生活并不能化解伟大爱国者辛弃疾心中郁积了几十年的忧愁。伤心人别有怀抱。他在晴空朗朗的月夜里担忧着即将到来的风风雨雨——因为重阳节快到了，天气的变化将把眼前的幸福和安宁一扫而光！这里的"风雨"意思是双关的，它既指自然界的风雨，也暗喻当时的政治形势。这种对政治风雨的担忧又是双重的：一则古代北方游牧部族侵扰者常常选择秋高马肥时对南朝用兵；二则这一年正是那位昏庸不堪的宋光宗刚刚登位就闹得朝野不得安宁的时候，南宋国内的形势可以说正处于风雨飘摇之中。这里实际上是含蓄地表达了作者对当时政局的忧虑之情。所以清代词论家陈廷焯评论此词说："郁勃，以蕴藉出之。"（《词则》）

念奴娇

瓢泉酒酣和东坡韵[1]

倘来轩冕[2]，问还是、今古人间何物？旧日重城愁万里[3]，风月而今坚壁[4]。药笼功名[5]，酒垆身世[6]，可惜蒙头雪[7]。浩歌一曲[8]，坐中人物三杰[9]。　　休叹黄菊凋零，孤标应也[10]，有梅花争发。醉里重揩西望眼，惟有孤鸿明灭[11]。万事从教[12]，浮云来去，枉了冲冠发[13]。故人何在，长庚应伴残月[14]。

【注释】

1　和东坡韵：用苏轼《念奴娇·赤壁怀古》之韵。

2　倘来轩冕：语本《庄子·缮性》："轩冕在身，非性命也，物之倘来，寄者也。"意谓官职不是一个人自身的根本之物，只是一种偶然而来的寄附于人的身外之物。倘来，意外忽来。轩，高车。冕，古代大夫以上官员所戴的礼冠。轩冕代指高官显位。

3　重城愁万里：重城（重复相叠的坚固城池），形容愁的繁多。万里，极言愁的广而且长。

4　"风月"句：坚壁，本指战争中坚守营垒或据点，并将周围物资转移或收藏起来，使入侵之敌不得掠夺或利用。这里借指自己心绪不好，连自然风光也像是躲藏起来，存心不让人欣赏解闷。

5 "药笼"句：据《新唐书·元行冲传》载，元行冲向当权的大臣狄仁杰进言说：国家储备人才，好比富贵人家储备人参、白术、灵芝、肉桂等以防疾病一样，我愿当你门下的一味药物。狄仁杰笑着说："君正吾药笼中物，不可一日无也！"这里意指自己是国家危难时必需的人才。

6 "酒垆"句：据《史记·司马相如列传》载，卓文君夜奔司马相如，二人无以为生，就到临邛，"买一酒舍酤酒，而令文君当垆。相如身自著犊鼻裈（杂役工穿的牛鼻型短裤）与保庸（雇工）杂作，涤器于市中。"辛弃疾是北方农民义军的"归正人"，一直受南宋官场的歧视和排斥，所以用此典比喻自己出身低贱，并有不平之意。

7 蒙头雪：指满头白发。语本苏轼《行宿泗间见徐州张天骥》诗："只今霜雪已蒙头。"

8 浩歌：大声歌唱。屈原《九歌·少司命》："望美人兮未来，临风恍兮浩歌。"洪兴祖《楚辞补注》："言己思望司命，而未肯来，临疾风而大歌。浩，大也。"

9 三杰：据《史记·高祖本纪》记载，汉高祖刘邦曾说："夫运筹策帷帐之中，决胜于千里之外，吾不如子房（张良）。镇国家，抚百姓，给馈饷，不绝粮道，吾不如萧何。连百万之军，战必胜，攻必取，吾不如韩信。此三者，皆人杰也，吾能用之，此吾所以取天下也。""三杰"语本此。南朝陈张正见《赋得韩信》诗："野有千金报，朝称三杰名。"这里借指座中的几位朋友都是雄才大略的英杰。

10　孤标：树木清峻特出。唐释皎然《咏敫上人座右画松》诗："贞树孤标在，高人立操同。"

11　孤鸿明灭：天空中孤雁时隐时现。

12　从教：任从，听从。

13　冲冠发：愤怒得头发都竖了起来，顶住了帽子。语本《史记·廉颇蔺相如列传》："相如视秦王无意偿赵城，因持璧却立，倚柱怒，发上冲冠。"

14　长庚：即启明星，又称金星、太白星。

【解读】

这是作者在瓢泉新居置酒痛饮时所写的一首抒发失意英雄之悲的词。上片写失意闲居的愁闷。首三句以疑问的句式，表达对宦途和功名的困惑与思考。接下来的二句，说明壮志难酬，因此重重的愁恨无计消除。再次三句，具体展示"愁"的内容：自己本来当之无愧地是国之栋梁，不料因为出身低微，来路"不正"，竟被当权者遗弃！更可悲的是，满头白发，来日无多，今生要实现政治理想是不大可能了。"浩歌"二句则转而安慰自己，说可以高歌遣愁，可与二三知己喝酒解闷。下片则忽以倔强坚毅之态出之，说明自己虽遭万千磨难，但壮志不泯。过片三句，以冬天里孤标独秀的寒梅自比，表示不畏风雪摧残。"醉里"二句正面表露爱国思想。揩眼西望，当然望的是中原地区，这就表明了自己之所以壮志不衰，原因是祖国尚在危难之中，不能忘怀北伐。但"孤鸿明灭"的象征性描写则又暗示作者深知国势很难复兴，至少短时间里事业成功的希望不大。正是有此清醒估计，才有了下面的悲愤叹息："万事从教，浮云来去，枉了冲冠发。"词的最末二句，以残月孤星的凌晨景色来映衬自己和二三知己的悲凉心境，十分凄怆感人。

清平乐

忆吴江赏木樨[1]

少年痛饮[2]，忆向吴江醒[3]。明月团团高树影[4]，十里水沉烟冷。　　大都一点宫黄[5]，人间直恁芬芳[6]。怕是秋天风露[7]，染教世界都香[8]。

【注释】

1　吴江：地名，即今江苏吴江县。木樨（xī 西）：即桂花，秋天开小花，有黄白二种，香气浓郁。

2　"少年"句：语本元稹《黄明府诗》："少年曾痛饮，黄令困飞觥。"

3　吴江：这里指流经吴江县的吴淞江。

4　明月团团：化用李白《古朗月行》诗："小时不识月，呼作白玉盘。……仙人垂两足，桂树作团团。"高树影：刘孝绰《林下映月诗》："明明三五月，垂影当高树。"

5　大都：不过。宫黄：古代宫中妇女化妆用的黄色脂粉。这里用以比喻金黄色的桂花。

6　直恁（nèn 嫩）：这般，如此。

7　怕是：大概是，也许是。

8　教：同"叫"，"使得"之意。

【解读】

这是一首通过咏物来表现志士仁人高洁品质的词。上片，赏桂花而忆旧。首二句，以一"忆"字为中心，重现作者青年时代一段难忘的赏花饮酒的经历。那时他刚刚南归宋朝，年富力强，充满了积极进取的精神，所以吴江之游是十分痛快惬意的。如今闲居带湖，已经垂垂衰老，看到桂花又开，睹物伤情，自然而然地回忆起吴江痛饮时。"明月"二句，即具体展现了当年吴江月夜桂树飘香的幽美景色，为下片赞美桂花预作铺垫。下片从回忆中折出，借赞桂花以赞人。前二句表明，桂花虽然外形并不艳美惊人，但其内蕴丰富——饱含芬芳的香气。芬芳的香气，象征高尚之士的品格和才华。因而结尾二句专写桂花的香气，希望它能染遍世界，清除人间的尘污。宋人借桂花咏怀的不乏其例，但多流于孤芳自赏，如年辈早于辛弃疾的爱国名士向子諲咏桂花道："高古，高古，不著世间尘污。"（《如梦令》）辛弃疾则不但看重桂花的高洁，更激赏其能够清除尘污的浓香。这实际上寄寓了作者意欲改变现实的高尚理想。这些富于象征性的歌咏，反映出闲居带湖的辛弃疾仍然壮心不已，保持着积极用世、献身祖国的可贵精神。

西江月

夜行黄沙道中¹

明月别枝惊鹊²，清风半夜鸣蝉。稻花香里说丰年，听取蛙声一片。 　　七八个星天外，两三点雨山前³。旧时茅店社林边⁴，路转溪桥忽见⁵。

【注释】

1　黄沙：指黄沙岭，在上饶城西四十里处。作者在带湖闲居期间，常来此游玩，很欣赏这里的溪山之美。

2　"明月"句：化用曹操《短歌行》："月明星稀，乌鹊南飞。绕树三匝，何枝可依。"及苏轼《杭州牡丹》诗："月明惊鹊未安枝。"

3　"七八个星"二句：何光远《鉴诫录》卷五"容易格"条："王蜀卢侍郎延让吟诗，多着寻常容易言语。有《松门寺》诗云：'两三条电欲为雨，七八个星犹在天。'"这里化用卢延让句。

4　茅店：茅草盖顶的小酒店或小客店。社林：土地庙旁边的树林。

5　见：同"现"，出现。

【解读】

　　此词描写作者夏夜行进在田间小路上的所见所闻。上片写：在辽阔而晴朗的夜空中，乌鹊惊飞，蝉鸣蛙噪，稻花飘洒着浓郁的香气，预告一个丰年的来临。下片接着写：突然，山前降下了一阵小雨，作者急忙赶路寻找避雨之所。转过溪桥，惊喜地发现了旧时曾经来过的茅店！优美的夏夜之景，以轻快灵活的抒情笔调出之。眼中所见，耳中所闻，似乎随意拾取，略加点染，置入画面，粗枝大叶，别具风流。清疏明朗的自然景色，适足以反映作者胸次旷达，略无纤尘，闲情与美景融合为一，何为情，何为景，几乎不可分。其长处不止在于情景逼真，更在于境界高洁清新，风格自然平淡。

三、闽中之词（1192—1194）

小重山

三山与客泛西湖[1]

绿涨连云翠拂空[2]。十分风月处[3]，着衰翁[4]。垂杨影断岸西东。君恩重，教且种芙蓉[5]。

十里水晶宫[6]。有时骑马去，笑儿童[7]。殷勤却谢打头风[8]。船儿住，且醉浪花中。

【注释】

1　三山：福州城。因城内有越王山、九仙山、乌石山而得名。泛西湖：坐船游览西湖。西湖，湖名，在福州城西。

2　"绿涨"句：指湖面的碧波与远天的白云相接，水天一片翠绿。

3　"十分"句：风景最美之处。

4　衰翁：作者自指。写此词时作者已经五十三岁。

5　芙蓉：荷花的别名。

6　"十里"句：指福州西湖上遗留的五代闽王王延钧建造的水亭台榭。据《闽都记》："西湖周回十数里，闽王延钧筑室其上，号水晶宫。"

7　笑儿童：为儿童所笑。

8　打头风：顶头风。

【解读】

本篇为辛弃疾绍熙三年在福州时所作。作者与客泛湖，望湖上景色如画，按常理，自应喜气洋洋，写出豪情逸兴。然而词中所表现的，却是一种衰迟颓放之感和牢骚怨抑之情。上片，云水相连，翠浪浮天，垂杨掩映，风荷满湖，本是令人心旷神怡的。但"衰翁"形象的出现，顿使画面变得黯淡下去。这是古人所谓以乐景写哀情的手法。下片写游湖之乐，但真正的"乐"并未出现。试看虽然宾主变换花样取乐，既在水上行舟，又在岸边纵马，但纵马被儿童取笑，行舟又遇到打头风，真是处处受阻，处处使人不愉快！既然所志不遂，不如领受"君恩"，"且种芙蓉"，"且醉浪花中"吧！词的主旨是要宣泄对现实处境的不满，但并不直说，而是用曲喻和象征之笔含蓄地寄寓感情。作者为什么会在乐景中产生哀情和牢骚？因为他罢官闲居带湖十年，"壮士凄凉闲处老"，到了起复出山、赴福建任职时，已经年过五十，确乎是一"衰翁"，难免有衰迟之感了。加上，如我们在本书的前言中介绍的，作者到福建后，雷厉风行地兴利除弊，很想有一番作为，但遭到了同僚和地方势力的抵制与反对，人们甚至已经在酝酿弹劾他，弄得他心绪十分恶劣。所以本篇的"打头风"之叹，并不是没有根由的。此词真实地、同时又十分含蓄地表现了作者在特定时间和特定环境中的心态，堪称佳作。

水调歌头

壬子三山被召[1]，陈端仁给事饮饯席上作[2]。

长恨复长恨，裁作短歌行[3]。何人为我楚舞[4]，听我楚狂声[5]？余既滋兰九畹，又树蕙之百亩，秋菊更餐英[6]。门外沧浪水，可以濯吾缨[7]。　一杯酒，问何似，身后名[8]？人间万事，毫发常重泰山轻[9]。悲莫悲生离别，乐莫乐新相识[10]，儿女古今情。富贵非吾事[11]，归与白鸥盟[12]。

【注释】

1　壬子：宋光宗绍熙三年（1192）。三山：指福州，见前《小重山·三山与客泛西湖》"三山"注。

2　陈端仁：陈岘，字端仁，闽县（今福建闽侯县）人，此时被免官家居。给事：官名，即给事中。

3　裁：剪裁，制作。这里指将眼前的情事概括地写入词中。短歌行：汉乐府曲调名，这里借指这首《水调歌头》词。

4　"何人"句：典出《史记·留侯世家》：戚夫人泣，汉高祖刘邦安慰她道："为我楚舞，吾为若（你）楚歌。"

190

5 楚狂：指春秋时楚国狂人接舆。据《论语·微子》，接舆曾在孔子面前唱歌，嘲笑他政治上到处碰壁，其中有"已而，已而，今之从政者殆而"的话。这里的"楚狂声"就是指接舆的这些话。

6 "余既"三句：化用屈原《离骚》："余既滋兰之九畹兮，又树蕙之百亩。"及"朝饮木兰之坠露兮，夕餐秋菊之落英"。这是用屈原之句的本意，来比喻自己一向洁身自好，勤修美德。

7 "门外"二句：语出《楚辞·渔父》："渔父莞尔而笑，鼓枻而去，乃歌曰：'沧浪之水清兮，可以濯吾缨；沧浪之水浊兮，可以濯吾足。'"这里用以表示不同流合污。沧浪，原指汉水，此泛指流水。濯（zhuó 酌），洗涤。缨，帽带子。

8 "一杯酒"三句：典出《世说新语·任诞》："张季鹰（翰）纵任不拘，时人号为江东步兵。或谓之曰：'卿乃可纵适一时，独不为身后名耶？'答曰：'使我有身后名，不如即时一杯酒。'"

9 "人间"二句：谓当今社会，许多事情都被轻重倒置了。化用《庄子·齐物论》："天下莫大于秋毫之末，而泰山为小。"

10 "悲莫悲"二句：化用屈原《九歌·少司命》："悲莫悲兮生别离，乐莫乐兮新相知。"

11 "富贵"句：化用陶渊明《归去来兮辞》："富贵非吾愿，帝乡不可期。"

12 "归与"句：语本黄庭坚《登快阁》诗："万里归船弄长笛，此心吾与白鸥盟。"又，作者自己确曾与白鸥结盟，见前《水调歌头·盟鸥》词。

【解读】

绍熙三年（1192）冬天，作者被召赴临安，在友人饯别的宴席上挥毫而作此词。全篇用许多典故和前人辞赋、诗歌成句连缀而成，而主要取屈原和陶渊明作品之意，抒写自己忠而见谤、报国无门的苦闷和不如归隐、清高自守的意愿。上片一开头，就以悲歌长吟的语调，说明自己有宣泄不完的重重怨恨；只能长话短说，把它剪裁成这首小歌词。三、四两句，融化了《史记》和《论语》中的两个典故，并自比楚狂接舆，暗示了当时政局的黑暗，显现出作者因心情怨愤而几乎发狂的精神状态。再下三句，连用屈骚成句，以美人香草的传统意象表明自己保持高洁品质，不随世俗俯仰的决心。"门外"二句，续用楚辞成句，再次表明自己在污浊之世仍重视品德修养。下片抒写怨世之怀，并写了自己与新结识的福建友人的情谊。过片三句，用张季鹰事，表露积极用世的功名心与消极遁世的享乐心的矛盾。接下来"人间"二句，强烈谴责那个病态的社会，许多重大的事情被弄得轻重倒置，价值观念颠倒，是非不分，使正义之士无所措手足。"悲莫悲"三句转出，进入饯别题面，写与福建新知的友谊。这里没有直说，而是再用屈原的句子，恰切而生动地表达了与新朋友之间依依不舍之情。末二句向友人表明对这次应召的态度：决不留恋功名富贵，决不与黑暗的官场同流合污，若事有不谐，宁可去重过与大自然亲近的隐士生活。此词层次较复杂，情感的表达既悲愤又曲折，但都以一股慷慨郁勃之气贯串之，所以读之令人感动。

定风波

再用韵。时国华置酒，歌舞甚盛[1]。

莫望中州叹黍离[2]，元和圣德要君诗[3]。老去不堪谁似我？归卧，青山活计费寻思[4]。谁筑诗坛高十丈？直上，看君斩将更搴旗[5]。歌舞正浓还有语，记取，须鬓不似少年时[6]。

【注释】

1　国华：卢彦德，字国华，浙江丽水人，进士出身，此时在福州任福建提点刑狱使。作者先写过一首《定风波》词赠给卢国华。这一次，卢设宴招待作者，作者在席间又用原韵写了这一首送给他。

2　中州：指沦陷于金人之手的中原地区。黍离：《诗经》篇名。周平王为避犬戎之害而东迁后，周大夫经过西周故都，看到宫殿宗庙成了废墟，上面长满了黍子，十分感伤，就写了《黍离》这首伤悼的诗。其中首句是"彼黍离离"。后世往往用"黍离"来代指故国的残破。

3　"元和"句：唐代韩愈因为唐宪宗元和年间朝廷平定了几处藩镇割据势力，使全国得到某种程度的统一，就写了一首《元和圣德诗》来歌颂此事。这里借用韩诗篇名，是勉励卢国华要为本朝收复中原失地而写出乐观的作品。

　　4　青山：指隐居之地。活计：谋生的办法。

　　5　斩将搴（qiān 千）旗：打仗时杀死敌方大将，拔取其军旗。语本《史记·货殖列传》："壮士在军，攻城先登，陷阵却敌，斩将搴旗，前蒙矢石，不避汤火之难者，为重赏使也。"这里借喻占领文坛。

　　6　须髯：胡须。

【解读】

　　此词是绍熙四年（1193）作者任福州知府兼福建安抚使时写了赠送给接替他担任福建提点刑狱使的卢国华的。其作意在于从政治上和文学上对一个同僚进行勉励，要他乐观向上，积极进取，用文学来为抗金事业呼喊。开头二句"莫望中州叹黍离，元和圣德要君诗"，是劝导别人不要光去悲叹中原故土的沦陷，而要为本朝的抗金斗争写出鼓舞人心的新诗。这实际上表明了作者与白居易"文章合为时而著，歌诗合为事而作"的主张相似的进步文学观念。接下来的三句，意思一转折，表面上是说，谁像我这样老大无成，想归卧青山，可连生计都成问题；实际是退一步写，用自己的迟暮处境来作为对方的反衬，殷切希望他趁才华正旺，奋发有为，作出自己对国家应有的贡献。下片是对朋友的反复期望和规劝。过片三句，以自问自答的方式，勉励才华出众的友人大显身手，以歌咏战斗的雄劲诗篇去"斩将搴旗"，作诗坛的盟主。末三句，应合词前小序中"歌舞正盛"的叙述，劝说道："如今你歌舞饮宴兴趣正浓，但我还有一言望你三思：咱们都已满嘴胡须，不是少年人了！"言外之意是告诫对方，不要耽于歌舞酒色，以免消磨光阴，荒废事业。全篇风调质朴自然，快言快语，对友人的劝勉既坦诚直率，又语重心长。此词充满了作者所一贯保持的那种激昂奋发、对祖国命运高度关切的可贵精神。

行香子

三山作[1]

好雨当春[2]，要趁归耕。况而今已是清明。
小窗坐地[3]，侧听檐声[4]。恨夜来风，夜来月，
夜来云。　　花絮飘零，莺燕丁宁[5]："怕妨侬
湖上闲行[6]。"天心肯后[7]，费甚心情。放霎时
阴，霎时雨，霎时晴[8]。

【注释】

1　三山：即福州，见前《小重山·三山与客泛西湖》
"三山"注。

2　好雨当春：化用杜甫《春夜喜雨》诗："好雨知时
节，当春乃发生。"

3　坐地：坐着。地，语助词，无义。

4　檐声：屋檐间滴水的声音。

5　丁宁：同叮咛，再三嘱咐。

6　侬：你，江南方言称你为侬。此处从莺燕口中说
出，指辛弃疾。

7　天心：老天爷的心意。这里指皇帝的态度。

8　"放霎时"三句：仿用李清照《行香子》词：
"甚霎儿晴，霎儿雨，霎儿风。"

【解读】

此词作于绍熙五年（1194）春，作者在福建安抚使任上，时年已五十五岁。作者自二十三岁南归以来，至此已三十二年，不但一直没有找到杀敌报国的机会，更时时处处受到排挤和打击，多次被弹劾落职，因而内心经常激荡着进退不能的复杂感情。他在福建安抚使任上本想有一番作为，不料遭到下属和地方既得利益集团的抵制与反对，感到很灰心。从上一年冬天到此时他已屡次上表请求退休，但朝廷一直未对他做明确答复。这首词即以阴晴难测的初春天气比喻当时的政治形势和自己的矛盾心境，表达了倦游思归的愿望。发端三句，直道思归之愿，文义十分明显。"小窗"二句，叙写听雨情状，为下文借自然物象抒情作一引导。上片第三个层次，以一个感情色彩极浓的"恨"字贯串"夜来风，夜来月，夜来云"三句，以春夜阴晴无定、变幻莫测的天象，喻示自己受尽了朝中及地方官场小人的谗谤迫扰，已不堪忍受。下片头三句，先以清明后春事阑珊、花柳飘零比喻政治上的好时光已白白过去，次以莺燕叮咛之语暗示自己尚受到种种牵制，未必能自由归去。"天心"句至末尾是最后一个抒情层次，说是只要皇帝批准了，事情就好办；然而君心难测，就如自然界忽风忽雨，忽阴忽晴，令人捉摸不透，真叫人闷杀！全篇以比兴为主，抒情婉转曲折，意在言外，代表了稼轩词的另一种风格。

最高楼

吾拟乞归[1]，犬子以田产未置止我[2]，赋此骂之。

吾衰矣[3]，须富贵何时[4]。富贵是危机[5]。暂忘设醴抽身去[6]，未曾得米弃官归[7]。穆先生[8]，陶县令[9]，是吾师。　　待葺个、园儿名"佚老"[10]，更作个、亭儿名"亦好"[11]，闲饮酒，醉吟诗。千年田换八百主[12]，一人口插几张匙[13]。便休休[14]，更说甚，是和非。

【注释】

　　1　乞归：向朝廷请求罢官归隐。

　　2　犬子：原为汉代司马相如少年时的小字。《史记·司马相如列传》："少时好读书，学击剑，故其亲名之曰犬子。"司马贞《索隐》引孟康语："爱而字之也。"后泛用作在人前对自己儿子的谦称。

　　3　吾衰矣：语本《论语·述而》："甚矣，吾衰也！久矣，吾不复梦见周公。"这是孔子自叹衰老的话，意思是：我衰老得好厉害呀！我好长时间没有再梦见大贤大德的周公了。含有感叹自己的政治主张得不到实现的意思。作者也兼有此意。

4　"须富贵"句："富贵须待何时"之意。语本汉代杨恽《报孙会宗书》："人生行乐耳，须富贵何时。"

5　"富贵"句：富贵荣华中潜伏着政治危机。语本《晋书·诸葛长民传》："贫贱长思富贵，富贵必履危机。今日欲为丹徒布衣，岂可得也！"苏轼《宿州次韵刘泾》诗："晚觉文章真小技，早知富贵有危机。"

6　"暂忘"句：据《汉书·楚元王传》载，元王至楚国封地，用穆生等人为中大夫。穆生不嗜酒，元王就经常置醴（甜酒）相待。后来王戊即位，忘了设醴之事，穆生说："醴酒不设，王之意怠。不去，楚人将钳我于市。"于是称病离去。

7　"未曾"句：据《宋书·陶潜传》载，陶潜（渊明）为彭泽县令，郡里派督邮视察到县，县吏告诉他，应该穿上公服，束上官带去拜见督邮，陶潜感叹说："我不能为五斗米折腰向乡里小人！"当天就解印挂冠，辞职回乡。

8　穆先生：即注6中提到的穆生。

9　陶县令：即注7中提到的陶潜。

10　葺：用茅草盖房子。佚（yì意）老：安逸养老之意。语本《庄子·大宗师》："夫大块载我以形，劳我以生，佚我以老，息我以死。"辛弃疾之前，早已有退休官员建造亭子，取名"佚老"。北宋刘攽《中山诗话》载："陈文惠尧佐以使相致仕，年八十，有诗云：'青云歧路游将遍，白发光阴得最多。'构亭号'佚老'，后归政者往往

200

多效之。"

11　亦好：意谓归隐山林，虽贫亦好。此取意于唐戎昱《中秋感怀》诗："远客归去来，在家贫亦好。"

12　"千年"句：语出《景德传灯录》卷一一："有僧问：'如何是和尚家风？'师（按指韶州灵树如敏禅师）云：'千年田，八百主。'僧云：'如何是千年田，八百主？'师云：'郎当屋舍无人修。'"此借以说明富贵无常。

13　"一人"句：意思是不要贪多。这是化用当时南方谚语。范成大《丙午新正书怀》诗："口不两匙休足谷，身能几屐莫言钱。"自注："吴谚云：'一口不能著两匙。'"

14　休休：见前《鹧鸪天·鹅湖归病起作》"且休休"注。

【解读】

这首词与前选《行香子·三山作》作于同时。与前篇一样，本篇也是表达弃官归隐的强烈愿望的。但二词的表情方式与作品风格都不一样：前篇借春景以言怀，比兴深婉，抒情曲折，风格幽丽；本篇则以"骂子"的口吻言志，直接倾泻自己对现实社会的满腹牢骚，骂子是假，骂世是真，故热骂之中饶有情致，用语十分诙谐幽默，风格平易自然。上片先用孔子语，直陈自感衰老兼不得志于当世、意欲归隐之意。次用前人名言，说明富贵不但不可靠，而且充满危机。而后借鉴前贤，宣称要以穆生和陶潜为榜样，表明自己退隐之志已坚。过片四句，预想归隐田园之乐。"千年"二句，语浅意深，饱含人生哲理，愈显作者胸襟之旷达。末尾二句，呼应开端，再次强调愤世思归之意，语意决绝。

一枝花

醉中戏作

千丈擎天手[1]，万卷悬河口[2]。黄金腰下印，大如斗[3]。更千骑弓刀[4]，挥霍遮前后。百计千方久。似斗草儿童[5]，赢个他家偏有。　　算枉了，双眉长恁皱[6]，白发空回首。那时闲说向，山中友。看丘陇牛羊[7]，更辨贤愚否。且自栽花柳。怕有人来，但只道"今朝中酒[8]"。

【注释】

1　"千丈"句：比喻自己是能够支撑国家大局的杰出人才。擎（qíng 晴）天手，能像举手托起天那样为国家担当重任的人。陈基《送谢参军》诗："丹心期捧日，赤手欲擎天。"

2　"万卷"句：意谓极有学问和口才。万卷，语本杜甫《奉赠韦左丞丈二十二韵》诗："读书破万卷，下笔如有神。"悬河口，语本《晋书·郭象传》："王衍每言：'听象言，如悬河泻水，注而不竭。'"

3　"黄金"二句：谓杀敌立功，封为大官，佩上黄金印。语本《世说新语·尤悔》："明年杀诸贼奴，当取金印如斗大，系肘后。"

4　千骑弓刀：指带领着成千上万的全副武装的骑兵。语本晁补之《摸鱼儿·东皋寓居》词："弓刀千骑成何事，荒了邵平瓜圃。"

5　斗草：又名斗百草，古代妇女儿童春夏间采百草以较胜负的一种游戏。南朝梁宗懔《荆楚岁时记》："五月五日，四民并踏百草，又有斗百草之戏。"白居易《观儿戏》诗："抚尘复斗草，尽日乐嬉嬉。"

6　恁（nèn 嫩）：这样，如此。

7　丘陇牛羊：语本古乐府："今日牛羊上丘陇，当时近前面发红。"

8　中（zhòng 种）酒：醉酒。杜牧《睦州四韵》诗："残春杜陵客，中酒落花前。"中，为外物所伤。

【解读】

本篇也作于福建安抚使任期中，是一首借酒醉痛发政治牢骚的词。上片描写酒醉时幻想的十分得意的自我形象。开篇二句，酒后吐真言，当仁不让地宣称自己是国家的擎天柱，有极大的学问和极好的口才。接下来"黄金"四句，坦言自己做大官立大功的愿望，说是像我这样的人，本应斩将封侯，当上高官，腰佩黄金大印，有千军万马遮拥前后。再后三句则说，为了实现这个目标，我千方百计地奋斗了很久很久，我生性争强好胜，恰像那斗草儿童，一定要赢了别人。下片则跌回现实之中，写酒醒后的失意叹恨的自我形象。过片三句，说自己枉自奋斗了大半生，如今白发丛生，人已衰老，回首前事，原先设想的人生目标落了空，只赢得双眉长皱。"那时"至结尾七句，则申说自己归隐之意已决，设想自己回到山林田园之中后，将过一种与世隔绝、不与外人来往的生活。全篇情调悲慨，风格狂放，充分地反映了已近晚年的辛弃疾不甘雌伏但又无可奈何的矛盾心态。

水龙吟

过南剑双溪楼[1]

举头西北浮云[2]，倚天万里须长剑[3]。人言此地，夜深长见，斗牛光焰[4]。我觉山高，潭空水冷[5]，月明星淡。待燃犀下看[6]，凭栏却怕，风雷怒，鱼龙惨[7]。　　峡束苍江对起[8]，过危楼、欲飞还敛[9]。元龙老矣[10]，不妨高卧，冰壶凉簟[11]。千古兴亡，百年悲笑，一时登览。问何人又卸，片帆沙岸，系斜阳缆[12]。

【注释】

1　南剑：宋州名，属福建路，治所在今福建南平市。双溪楼：在南平剑溪、樵川二水汇流处。剑溪与樵川在这里汇合而成深潭，潭边建楼，故取名"双溪"。

2　西北浮云：语本《古诗十九首》："西北有高楼，上与浮云齐。"及曹丕《杂诗》："西北有浮云，亭亭如车盖。"这里是以浮云遮蔽西北天空比喻中原地区被金人占领。

3　"倚天"句：语本宋玉《大言赋》："方地为车，圆天为盖，长剑耿耿倚天外。"又，《庄子·说剑》："上抉浮云，下绝地纪，此剑一用，匡诸侯，天下服矣。"以上二句用此意，喻指中原失地需要强有力的人去收复。

4　"人言"三句：据《晋书·张华传》记载，西晋张华夜间常见紫气上冲到斗宿与牛宿两个星座之间，便问雷焕，雷焕断定是斗、牛所应的丰城（今属江西）埋有宝剑，紫气是宝剑的精光上彻于天。张华就推荐雷焕去当丰城令，果然在该县狱基下挖出两把宝剑。张、雷各分一把。张华的一把在他被杀后失踪。雷焕死后，他的儿子雷华佩其剑过延平津（即剑溪），宝剑忽从腰间发出响声，飞入水中。雷华急令人入水取剑，但见两条龙光彩照水，在波浪中翻腾。于是双剑皆失。这三句是概述这个传说。

5　潭空水冷：宝剑化龙之津空荡荡的，只剩下一潭冷水。按，此潭即为传说中的宝剑化龙处。《舆地纪胜·南剑州》谓：剑溪、樵川"二水交流，汇为龙潭，是为宝剑化龙之津"。

6　"待燃犀"句：典出《晋书·温峤传》：东晋将军温峤至牛渚矶，见水深不可测，听民间传说水下多怪物，就点燃犀角往下照着看，一会儿见水底涌出各种妖怪，奇形怪状，还有乘马车、穿红衣的。

7　鱼龙：指温峤见到的水中妖魔。惨：这里当"狠毒"讲。

8　"峡束"句：化用杜甫《秋日夔府咏怀》诗："峡束苍江起，岩排古树圆"，描述双溪楼的山水形势。

9　危楼：高楼，指双溪楼。敛：收束住（指溪水）。

10　元龙：三国时豪士陈登的字。陈登，见前《水龙吟·登建康赏心亭》"求田"三句注。这里作者以陈登自比。

11 "冰壶"句：喝冷水，睡凉席。指清贫的隐居生活。

12 "问何人"三句：意谓：试问，是何人在斜阳里系船于沙岸？

【解读】

宋光宗绍熙五年（1194）秋天，正在福建安抚使任上的辛弃疾被诬告落职，只得再回江西农村闲居。他在归途中经过南剑州，登上双溪楼，遥望西北蔽天的乌云，不觉百感交集，悲愤中写下了这首激楚苍凉的怀古伤今之词。词的上片用比喻象征手法，反映南宋抗金事业艰难、投降派猖獗、整个社会十分黑暗的现实。将忧国思想、宝剑神话和延平津秋色三者融合一气来写，充分揭示了失意英雄的忧愤心理。一上来二句，即以"剑溪"之剑起兴，呼唤"倚天剑"扫荡西北妖氛。意境壮阔雄奇，包举全篇。接下来"人言"六句，承"倚天剑"而来，引出宝剑在此地化龙的神话，以象征性的描写表明：那可以用来克敌制胜的"宝剑"，已经难以寻到，剑化为龙之地只留下了空潭冷水。这实际上是暗示南宋抗金力量久遭沉埋，难以重振。再下去"待燃犀"四句，用温峤燃犀典，说自己不甘心宝剑被沉埋，想燃犀照水寻剑，但又怕水中妖魔作怪。这是喻示自己虽想继续为事业奋斗，但由于黑暗势力阻拦，理想已无法实现。下片写壮志不酬的抑郁情绪。过片二句以峡束苍江比喻英雄受制于时局的窘境，极为生动贴切。此后写内心的矛盾：一方面发出"千古兴亡，百年悲笑"的感慨，流露出对国家前途的关怀；另一方面毕竟已被罢官，想要参与国事也不可能了，只好强作达观地唱起了"不妨高卧"的归隐曲。全篇悲慨难抑，沉郁顿挫，呈现出典型的稼轩词境。

四、瓢泉之词（1194—1201）

沁园春

再到期思卜筑[1]

一水西来，千丈晴虹[2]，十里翠屏[3]。喜草堂经岁，重来杜老[4]；斜川好景，不负渊明[5]。老鹤高飞，一枝投宿[6]，长笑蜗牛戴屋行[7]。平章了[8]，待十分佳处，着个茅亭[9]。　　青山意气峥嵘，似为我、归来妩媚生[10]。解频教花鸟[11]，前歌后舞；更催云水，暮送朝迎。酒圣诗豪，可能无势，我乃而今驾驭卿[12]。清溪上，被山灵却笑[13]，白发归耕。

【注释】

1　期思：地名，在铅山县境内。原名奇师，辛弃疾改名期思，具体位置在今铅山县稼轩乡横板村瓜山脚下，著名的瓢泉就在这里。辛弃疾赴福建任职之前曾来此地居留。卜筑：选地造屋。

2　晴虹：指水面上映照的晴空彩虹。

3　翠屏：喻四周苍翠的山岭如同竖立的屏风。

4　"喜草堂"二句：唐代诗人杜甫于唐肃宗乾元二年（759）因关中饥馑，弃官入蜀依靠严武，次年在成都浣花溪卜筑草堂。代宗宝应元年（762）冬，西川兵马使徐知道反叛，杜甫奔梓州避难。其后往来于汉州、阆州、梓州间，到广德二年（764）春，严武再次镇蜀，杜甫方得重归成都草堂。其间相隔一年之久。这里以杜甫重归草堂来比喻自己重到期思。

5　"斜川"二句：东晋大诗人陶渊明有《游斜川》诗，诗前的序中叙述了晋安帝隆安五年（401）正月五日他与邻居同游风景优美的斜川（在今江西都昌附近），眺望曾城、庐山的情景。这里自比陶渊明，并以期思比斜川。

6　"老鹤"二句：取意于《庄子·逍遥游》："鹪鹩巢于深林，不过一枝。"此处意为：我好比一只老鹤在天上高飞，归宿时只不过占深林中的一枝而已。

7　蜗牛戴屋行：蜗牛背有硬壳，呈螺旋形，似圆形之屋，爬行时如戴屋而行。这里用以嘲笑那些目光短浅、死守家园的人。

8　平章：筹划，品评。

9　着：这里是"构筑"之意。

10　"青山"三句：高峻的青山喜我归来，显得格外秀丽。峥嵘（zhēng róng 争荣），山势高峻的样子。妩（wǔ 五）媚，原指女子姿态美好，这里形容青山秀美。

11　解：懂得。频：多次地，不断地。

12 "酒圣"三句：我是酷爱诗酒的人，如今唯一的权势是能主宰山水。酒圣诗豪，酒中的圣人，诗中的豪杰。乃，却。驾驭，主宰，统率。卿，"你"的美称，此处指自然山水。

13 山灵：山神。

【解读】

这首词作于绍熙五年（1194）秋冬之间，为辛弃疾重到期思择地造屋时即兴抒怀之作。词的上片描写了期思优美的自然景色，并叙述了来这里卜地隐居的意图。首三句，大笔勾绘期思的地形和风景，句式工整而又气势壮阔，足以包举全篇。其中二、三两句对偶精严，写景如画。以下用一个充满欢乐色彩的"喜"字领起四个呈扇对形式的四字句，切入正题写自己"再到期思"。这里连用二典，自比重归草堂的杜甫和畅游斜川的陶渊明，意在表白隐居的志趣与决心。"老鹤"三句，再用动物作比，发为议论，表明自己在人生道路上随遇而安的豁达态度，嘲笑了那些蜗牛般拘谨的庸人。"平章"三句方才落实到"卜筑"上头，点明了此行的意图——择佳地建屋。下片畅言寄情山水风光的无穷乐趣，同时流露了自己内心深处的隐痛。过片三句，赋予青山以人的性格与感情，使词情顿时摇曳生姿。以下由一个"解"字领起四个扇对句子，进而说青山知情识趣，驱遣云水花鸟给作者取乐。这一系列拟人化和动态化的描写，十分幽默风趣并极富艺术感染力。不说自己喜欢山水花鸟，反说山水花鸟都主动来讨好自己，这样愈见出作者对自然风光的陶醉之情。"酒圣"三句，表达自己主宰驾驭自然风景的愿望，更显出作者性情之豪迈。词的最后三句："清溪上，被山灵却笑，白发归耕。"笔势急转，借山神的耻笑，出人意表地暴露作者不甘退隐的牢骚情怀，蕴含着政坛失意以后的深悲巨痛。

水龙吟

用"些"语再题瓢泉[1]，歌以饮客，声韵甚谐，客皆为之釂[2]。

听兮清珮琼瑶些[3]。明兮镜秋毫些[4]。君无去此[5]，流昏涨腻[6]，生蓬蒿些。虎豹甘人[7]，渴而饮汝，宁猿猱些[8]。大而流江海，覆舟如芥[9]，君无助，狂涛些。　路险兮山高些。块予独处无聊些[10]。冬槽春盎[11]，归来为我，制松醪些[12]。其外芳芬，团龙片凤[13]，煮云膏些[14]。古人兮既往，嗟余之乐[15]，乐箪瓢些[16]。

【注释】

1　用"些"语：《楚辞·招魂》多用"些"字作语尾助词，后世许多文章也仿效它，此词即模仿《招魂》，用"些"字作韵脚，同时"些"字上一字也押韵。这是辛弃疾在词律上的创造。

2　釂（jiào 叫）：把杯中的酒喝干。《礼记·曲礼上》："长者举未釂，少者不敢饮。"《疏》云："釂，尽也。"

3　清珮琼瑶：这是用美玉来形容瓢泉的水清洁明亮。珮、琼瑶都是美玉名。

4　"明兮"句：是说瓢泉水像明镜那样清澈，能照见最细微的东西。秋毫，秋天鸟类换毛时长的新毛，最初很细小。人们用以形容很细微的东西。

5　君：指瓢泉水。无：同勿，不要，切莫之意。

6　"流昏"句：流水混浊，涨满污垢。语本杜牧《阿房宫赋》："渭流涨腻，弃脂水也。"

7　"虎豹"句：《楚辞·招魂》里描写地府有虎首牛身的魔怪，专门吃人，其中有"此皆甘人"之句，意思说，它们吃人以为甘美。

8　宁：宁可。猿猱（náo挠）：猴子。猱，猴的一种。以上三句是劝告瓢泉水：外面的虎豹甜美美地吃了人，它们口渴了就要来将你痛饮，但你宁可让山中的猴子饮用，也不要让虎豹喝。

9　"覆舟"句：语出《庄子·逍遥游》："水之积也不厚，则其负大舟也无力。覆杯水于坳堂之上，则芥为之舟，置杯焉则胶，水浅而舟大也。"这里借指瓢泉水可能流入大江大海，帮着江水海水把船像芥子一样倾覆。

10　块：孤独自处的样子。予：我。

11　槽：制酒的槽床。盎：瓦盆，盛酒用。

12　松醪（láo劳）：用松膏酿造的一种酒。苏轼任定州太守时曾酿过这种酒，并作了《中山松醪赋》。

13　团龙、片凤：皆为宋代茶名。见北宋蔡絛《铁围山丛谈》及张舜民《画墁录》。

14　云膏：浓茶。

15　嗟：文言感叹词。这里作动词用，"感叹"的意思。

16　乐箪（dān 单）瓢：乐于过清贫的生活。据《论语·雍也》记载，孔子曾称赞他的大弟子颜回自甘于"一箪食，一瓢饮"（意思是用竹盒盛饭，用木瓢饮水）的平民生活。后世就用"箪瓢"代指清贫的生活。

【解读】

瓢泉位于铅山县东期思渡瓜山脚下，以其形状如瓢而得名。这里泉清水冽，风光美丽。辛弃疾隐居带湖的后期，就物色此地作为自己晚年的归宿之所。从福建罢官回来后，他就到瓢泉建造新居，并搬迁到此，一直居住到去世。这首词即作于刚刚搬到瓢泉新居不久。作者有感于当时世道黑暗，官场污浊，深以自拔于流俗为幸事，遂借对瓢泉的题写，抒发自己孤芳自赏、不同流合污的高洁情怀。此词写法别致，通篇都是对着泉水说话，提出种种要求和规劝，但又处处关合自己，用泉水象征自己的品格和志趣。上片劝说瓢泉水好好呆在山里，不要流出山去，以免横遭污染。这显然受了杜甫《佳人》诗名句"在山泉水清，出山泉水浊"的启发。作者对泉水的劝说和告诫分为四层：第一层即首二句，赞泉水之莹洁，以见保持自身本色之可贵。第二层为"君无"三句，劝泉水不要流出山去受外界污染。第三层为"虎豹"三句，进而告诫它不要为坏人所利用。末四句为第四层，意更显豁，希望它不要去为恶势力推波助澜。这一系列劝告，实际上都是借警告泉水以自警，提出对自己处世态度的严格要求。下片慨叹自己幽居无聊，呼吁泉水帮助自己解除愁烦，并表明安贫乐道的决心。过片二句直写自己目前的处境及感受。以下从"冬槽"至"煮云膏"六句，说要用洁净的瓢泉水来酿酒沏茶，这与屈原《离骚》中"饮木兰之坠露"、"餐秋菊之落英"等描写同一意趣，说明作者虽遭罢黜，仍在蓄养浩然正气。最末三句点出本篇主旨，说自己将要追步古代贤哲，安贫乐道，过好隐居生活。全词通过奇特的想象和鲜明的形象描绘，写出了作者对于所曾经历的黑暗险恶的仕宦生涯的憎恨。但它虽是表现不满现实的情绪，却精力弥满，不流于颓唐失志，故颇能激发人们对丑恶现实的憎恨和对美好生活的向往。

水调歌头

席上为叶仲洽赋[1]

高马勿捶面，千里事难量。长鱼变化云雨，无使寸鳞伤[2]。一壑一丘吾事[3]，一斗一石皆醉[4]，风月几千场。须作猬毛磔[5]，笔作剑锋长[6]。

我怜君[7]，痴绝似，顾长康[8]。纶巾羽扇颠倒[9]，又似竹林狂[10]。解道澄江如练[11]，准备停云堂上[12]，千首买秋光。怨调为谁赋，一斛贮槟榔[13]。

【注释】

1　叶仲洽：信州（上饶）人，馀不详。

2　"高马"四句：化用杜甫《三韵三首》其一："高马勿捶面，长鱼无损鳞。辱马马毛焦，困鱼鱼有神。君看磊落士，不肯易其身。"用以赞扬友人的磊落情操，并为其失意受挫鸣不平。捶，敲打。

3　"一壑"句：谓寄情山水，自得其乐。见前《鹧鸪天》（枕簟溪堂冷欲秋）"一丘一壑"注。又，陈与义《山中》诗："风流丘壑真吾事。"

4　"一斗"句：用战国时齐人淳于髡事。据《史记·滑稽列传》："（齐）威王大悦，置酒后宫，召髡，赐之酒，问曰：'先生能饮几何而醉?'对曰：'臣饮一斗亦醉，一石亦醉。'"

5 "须作"句：语本《晋书·桓温传》："温豪爽有风概，姿貌甚伟。刘惔尝称之曰：'温眼如紫石棱，须作猬毛磔，孙仲谋、晋宣王之流亚也。'"这是用"猬毛磔"形容友人容貌威猛。磔（zhé 折），裂开，张开。

6 "笔作"句：这是称赞友人诗笔如剑锋犀利有力。

7 怜：喜爱。

8 "痴绝"二句：谓友人的性格和才艺很像晋代画家顾恺之。顾恺之，字长康，小字虎头，晋陵无锡（今江苏无锡）人。《晋书·顾恺之传》："初，恺之在桓温府，常云：'恺之体中痴黠各半，合而论之，正得平耳。'故俗传恺之有三绝：才绝，画绝，痴绝。"

9 纶巾羽扇：见前《阮郎归·耒阳道中为张处父推官赋》"羽扇纶巾"注。

10 竹林狂：指竹林七贤。《世说新语·任诞》："陈留阮籍、谯国嵇康、河内山涛，三人年皆相比，康年少亚之。预此契者，沛国刘伶，陈留阮咸，河内向秀，琅邪王戎。七人常集于竹林之下，肆意酣畅，故世谓'竹林七贤'。"这里是说友人衣冠颠倒，肆意酣醉，狂放不羁，作风颇似竹林七贤。

11 "解道"句：这是称赞友人有谢朓般的诗才。谢朓《晚登三山还望京邑》诗："馀霞散成绮，澄江静如练。"李白《金陵城西楼月下吟》诗："解道澄江静如练，令人长忆谢玄晖。"

12　停云堂：作者瓢泉别墅里的一座屋名。

13　"怨调"二句：谓自己将以重礼回报友人。一斛贮槟榔，典出《南史·刘穆之传》：刘穆之年轻时家贫，常往妻兄江家乞食，多见辱。一次江家有宴会，他又去吃。食毕，求槟榔消食，被江氏兄弟挖苦了一番。后来刘穆之当了大官，"将召妻兄弟，妻泣而稽颡以致谢，穆之曰：'本不匿怨，无所致忧。'及至，醉，穆之乃令厨人以金柈贮槟榔一斛以进之。"斛，古量器名，一斛为十斗。

【解读】

这首词大约是宋宁宗庆元元年至二年期间（1195—1196）作者闲居瓢泉时所作。全篇伤友人亦自伤，惜友人亦自惜，正所谓借他人酒杯浇自己胸中块垒，痛快淋漓地抒写了作者隐居瓢泉期间抑郁不得志的感情和倔强狂放的心态。上片伤当代社会之不爱士，对失意者——包括友人和作者自己——表示了高度的赞赏。首四句，化用杜诗，赞颂友人的高尚品德和磊落情操，并对社会不善待才士表示抗议。"一壑"三句，写别人也写自己，谓才士失意之后只好寄情山水，放怀狂饮，吟风弄月。"须作"二句，为友人画像，实亦为自己画像，意在表明：我辈本是姿貌威猛、才德兼备的大丈夫，原可在事业上大有作为，不幸屈居山林，只好以笔代剑，吟诗作赋来打发时光了。下片进一步表现对友人的爱重和二人间惺惺相惜之意。过片三句，将友人比为东晋大画家顾恺之，这是赞其才。由此可知，叶仲洽其人必为一丹青高手，方可当顾长康之喻。"纶巾"二句，又说友人的颓放之态如同竹林七贤，这是称赞友人具有艺术家的气质，有魏晋风度。"解道"三句则写主宾双方在文艺创作上的交往，说是友人不但是画家，而且诗笔清丽，有谢朓那样的作风，拟与之共坐停云堂，吟咏瓢泉秋色，唱和上千首诗方才罢休。末二句借用典故，回应为友人作词的题面，说是将以重礼回报之，意在再一次强调对友人的爱怜与器重。通篇不作愤世语而愤世之意自见，不直接写自己而自己的形象却活灵活现，风格显得既慷慨又含蓄，既雄放又沉郁，表情达意十分潇洒自如。

沁园春

灵山齐庵赋[1]。时筑偃湖未成[2]。

叠嶂西驰，万马回旋，众山欲东[3]。正惊湍直下[4]，跳珠倒溅[5]；小桥横截，缺月初弓[6]。老合投闲[7]，天教多事，检校长身十万松[8]。吾庐小，在龙蛇影外[9]，风雨声中。　　争先见面重重，看爽气、朝来三数峰[10]。似谢家子弟，衣冠磊落[11]；相如庭户，车骑雍容[12]。我觉其间，雄深雅健，如对文章太史公[13]。新堤路，问偃湖何日，烟水濛濛？

【注释】

　　1　灵山：山名。山在上饶境内，绵延一百馀里，主峰海拔 1496 米。齐庵：庵名，在灵山上，四周是茂密的松树林。

　　2　偃湖：辛弃疾在灵山下修筑的湖。

　　3　"叠嶂"三句：意谓重重叠叠的山峰势如万马奔腾，疾驰向西，忽又盘旋回转，掉头向东而去。按，苏轼《游径山》诗："众峰来自天目山，势若骏马奔平川。中途勒破千里足，金鞭玉镫相回旋。"这里借鉴了苏诗的意境。叠嶂，重叠的山峰。

4　惊湍：溪涧中的急流。

5　跳珠：溅起的水珠。

6　"小桥"二句：谓一座小桥架在急流上，横截水面，其状如弓形的弯月。

7　合：应该，该当。投闲：指离开官场，过闲散的生活。

8　检校：考察管理。长身：躯干高大。

9　龙蛇：指松树。白居易《草堂记》："夹涧有古松，如龙蛇走。"苏轼《游灵隐高峰塔》诗："古松攀龙蛇，怪石坐牛羊。"

10　"看爽气"二句：意思是：几座山峰带着清爽的朝气矗立晴空。此句语本《世说新语·简傲》："王子猷……以手版拄颊云：'西山朝来，致有爽气。'"

11　"似谢家"二句：以东晋大族谢家子弟服饰之庄重大方、美丽鲜明比喻山的仪容。磊落，开朗洒脱的样子。

12　"相如"二句：《史记·司马相如列传》："相如之临邛，从车骑，雍容闲雅甚都。"这里形容灵山诸峰像司马相如的车骑那样雍容闲雅，气度不凡。

13　"我觉"三句：《新唐书·柳宗元传》："韩愈评其（柳宗元）文曰：'雄深雅健，似司马子长（迁），崔、蔡不足多也。'"这里用司马迁文章的雄深雅健风格来比拟灵山诸峰的非凡气概。太史公，指汉代史学家、文学家司马迁。司马迁曾为太史令，人称太史公。

【解读】

　　这首词大约作于作者从福建归来之初。这是一首很有新意的写景名篇,写山尤有特色。上片以大开大合之势,极写群山飞动盘旋的气派,将静景主观化地写成了动景,形象鲜明生动而且富有层次感。一开头好景就破空而来,把重叠连绵的山峰比作万马西驰又回旋向东,动态毕具,气势飞腾。这是写的远景、大景。下面接写中景,摄影镜头转到山中。将飞流倒溅比作珍珠散乱,将山涧上小桥横跨比作新月初弓,比喻贴切自然,画面清幽爽丽。"老合投闲"三句,情景合一,发泄了投闲置散的牢骚苦闷。但这种发泄不是本篇的主旨,而只是涉笔成趣,自然流露心中之情。以下"吾庐小"三句,是在写了大景、中景之后接写小景——自己的居所。这是以小景反衬大景,目的还是为了映带群山和松海的雄伟壮观。上片写景已经是如此生动活泼而富有层次,但这尚不是作者独擅胜场之处,画龙点睛之笔还在下片——这就是"谢家子弟衣冠"、"相如庭户车骑"和"太史公文章"等三个写山的绝妙比喻。这是辛弃疾描写自然风景的创造发明。一般写诗作文,总是习惯于用自然山水之物去比拟形容人的形貌、性格、气度及文艺作品的风格意象等等,辛弃疾却反将过来,用人的衣冠服饰、风度气派甚至文章风格等来比拟自然山水,描写壮丽的山景给予人的精神上的感受。这就遗其貌而取其神,传达出了自然风景的人文涵义和内在的美。同时,从作者这种独特描写中，也充分显露了他本人"雄深雅健"的审美个性与艺术风格倾向。

沁园春

将止酒，戒酒杯使勿近。

杯汝来前，老子今朝，点检形骸[1]。甚长年抱渴[2]，咽如焦釜[3]；于今喜睡[4]，气似奔雷[5]。汝说"刘伶，古今达者，醉后何妨死便埋[6]。"浑如此[7]，叹汝于知己[8]，真少恩哉[9]！　　更凭歌舞为媒，算合作人间鸩毒猜[10]。况怨无小大，生于所爱[11]；物无美恶，过则为灾[12]。与汝成言[13]："勿留亟退[14]，吾力犹能肆汝杯[15]。"杯再拜，道："麾之即去，招亦须来[16]。"

【注释】

1　"点检"句：检查自己的身体。言下之意是要保养身体，不再纵酒了。

2　抱渴：患酒渴病。此用晋刘伶事。《世说新语·任诞》："刘伶病酒，渴甚，从妇求酒。"

3　"咽如"句：喉咙里干渴得如同烧焦的锅底。釜（fǔ府），古代的一种锅。

4　"于今"句：现在生了病不能喝酒，只想睡觉。

5　"气似"句：鼾声如雷。

6　"汝说刘伶"三句：典出《世说新语·文学》刘

孝标注引《名士传》："（刘）伶字伯伦，沛郡人。肆意放荡，以宇宙为狭。常乘鹿车，携一壶酒，使人荷锸随之，云：'死便掘地以埋。'土木形骸，遨游一世。"

7　浑如此：（你）竟然如此（说）。浑，这里作"竟"、"直"解。

8　知己：指嗜酒的人。

9　真少恩哉：化用韩愈《毛颖传》："秦真少恩哉！"这里借以谴责酒伤害人，把人醉死。

10　"更凭"二句：加上以歌舞作为媒介，喝酒就更多，对人的危害就更大，等于喝毒药。鸩（zhèn 镇）毒，鸩鸟的羽毛有毒，蘸着它饮酒人就会被毒死。猜，怀疑。

11　"况怨无"二句：意谓没有爱就不会产生恨。

12　"物无"二句：意谓事物本身没有美恶好坏，问题在于人们嗜好过度就成为灾害。当时作者因酒成病，故如此说。

13　成言：说好，说定。

14　亟（jí 集）退：赶快退下。亟，急切，尽快。

15　"吾力"句：我还有馀力把你砸个粉碎。这是套用《论语·宪问》："吾力犹能肆诸于朝。"肆，原意为处死刑后陈尸于市，这里可作"打碎"讲。

16　"麾之"二句：《汉书·汲黯传》载，汉代汲黯辅佐少主，严守城池时，"招之不来，麾之不去，虽自谓贲育弗能夺也"。言其意志坚决。这里反用其意，说是酒杯听作者的话，叫走就走，叫来就再来。

【解读】

这首词为庆元二年（1196）作者在瓢泉最初戒酒时所作。它的写法十分奇特。作者模仿汉代东方朔《答客难》、班固《宾戏》、扬雄《解嘲》等文，用对话体结构成章。他煞有介事地和无生物说话，将酒杯拟人化，通过主（作者自己）客（平时酷爱的酒杯）对答，大发议论，尽兴地吐露了胸中的牢骚苦闷。作者在议论和抒情时无视传统分片的界限，大胆地打破过片处须换意的定格，使我们在鉴赏分析时无法像对一般词作那样基本上按上下片来划分段落和层次。全篇实际上只分为篇幅极不相称的两大段落和层次：第一段从开头"杯汝来前"句起，直到下片快结束处的"吾力犹能肆汝杯"止，长达二十二句，是作者对酒杯的严厉申斥和对酒害的痛切议论。其内容十分丰富，它不单反映了作者政治失意后的深沉痛苦和力图获得精神解脱的焦躁心态，还表现了对于生活目的和人生哲理的思考。第二段却只有篇末的三句，是酒杯对作者这一番申斥的应答。以上种种不拘绳墨的艺术处理，帮助作者自由酣畅地抒写出自己丰富复杂的心灵世界。古代有的词论家批评此词"非词家本色"，这是出于旧的词学"本色"观念的陈腐之论。其实本篇最显作者独创性与个人艺术特色的地方，就是它的古文章法、古文句式和那些大段的议论。这是一首以词写心的力作，通过对戒酒这样一件小事的描述和议论，充分地表现了作者聪明豁达、风趣幽默的性格。

玉楼春

戏赋云山

何人半夜推山去[1]？四面浮云猜是汝[2]。常时相对两三峰[3]，走遍溪头无觅处。　　西风瞥起云横度[4]，忽见东南天一柱[5]。老僧拍手笑相夸，且喜青山依旧住[6]。

【注释】

1 "何人"句：语本《庄子·大宗师》："夫藏舟于壑，藏山于泽，谓之固矣，然而夜半有力者负之而走，昧者不知也。"又，黄庭坚《次韵东坡壶中九华》诗："有人夜半持山去，顿觉浮岚暖翠空。"

2 "四面"句：这是倒装句，按语法顺序应为：（我）猜是汝（你们这些）四面浮云。

3 常时：平常时候。

4 瞥（piē 撇）起：骤起，忽然而起。

5 东南天一柱：疑指铅山县南旌孝乡的天柱峰。

6 "老僧"二句：谓云散之后，山间老和尚庆幸青山依旧在眼前。

【解读】

庆元二年（1196）秋冬之交，辛弃疾因带湖居所毁于火灾，遂正式迁居铅山境内的瓢泉新居。此词即写于住进新居之初。全篇描写瓢泉周围的云山奇景，笔调活泼生动，境界幽峭迷离，给人以一种"山重水复疑无路，柳暗花明又一村"的美的享受。上片四句，写清晨山峰被云海掩埋的情景。首二句以设问自答的方式，写出抬头不见山的遗憾。不说浮云遮没了青山，而说它趁着深更半夜偷偷把山给推走了，赋予无知的云以人的性格和有意识的行动，设想奇特，反映自然景物的角度很新巧。三、四两句，通过走遍溪头寻山的动态描写，表现出作者因美景被遮隔而若有所失的怅惘心情。下片另辟一境，写出风起云散、南天一柱巍然屹立的壮观，以及作者的兴奋之情。首二句，动词与副词搭配使用得非常准确生动："蓦起"之风与"横度"之云，反映出山间气象变化之速；"忽见"一语，则传达出作者拨云见山的惊喜之情。三、四两句，借山中老僧之口，赞扬青山常在，云雾终究掩埋不住。这个描写，蕴含哲理，反映出作者乐观旷达的胸怀和积极向上的生活态度。全篇情调欢快，语言诙谐，风趣异常，从中可以窥见作者既倔犟执着又活泼开朗的个性。

玉楼春

三三两两谁家女[1]，听取鸣禽枝上语[2]："提壶沽酒已多时[3]，婆饼焦时须早去[4]。"　　醉中忘却来时路，借问行人家住处。"只寻古庙那边行，更过溪南乌桕树[5]。"

【注释】

1　"三三两两"句：化用柳永《夜半乐》词："岸边两两三三，浣溪游女。"

2　鸣禽枝上语：谓树上鸟儿鸣声犹如人语。

3　提壶：鸟名，因其鸣声如叫"提壶"而得名。

4　婆饼焦：也是鸟名，因其啼声如"婆饼焦"而得名。梅尧臣《禽言》诗："婆饼焦，儿不食。尔父向何之？尔母山头化为石。"

5　乌桕（jiù旧）：树名。

【解读】

这首农村题材的小令写得十分俏皮活泼。它通过模仿禽言，再现了农村可爱的风土人情；同时词中还反映了作者欣赏这可爱的风光，因快乐而酒醉，因酒醉而迷路的生动情态。上片写村女围在树下听鸟鸣。提壶鸟的叫声，似乎在提醒一位受家长之命出来买酒的贪玩女孩子：还不赶快沽酒回家！更有趣的是那高叫"婆饼焦！婆饼焦！"的饶舌鸟，似乎是在戏谑另一个贪玩忘归的小媳妇：婆婆已把烙饼烧焦了，还不快回去帮忙！作者写到这里打住，馀下的情景由读者去想象补充。下片写作者对农村风光迷而忘返。这种沉迷是用酒醉来体现的。作者边赏景边饮酒，不知不觉大醉。忽然想起该回家了，可醉眼陶然，已辨不清来时的路。于是只好向行人去打听。词的末二句，是善良而热情的乡间行人指路的话。指路指得那样耐心，那样认真和细致，真是神态活现。作者知路后跟跟跄跄地回家的情景，依然留给读者去想象补充。通篇通俗平易，明白如话，而又含蓄幽默，耐人寻味。

木兰花慢

中秋饮酒将旦[1]，客谓前人诗词有赋待月，无送月者，因用《天问》体赋[2]。

可怜今夕月，向何处、去悠悠？是别有人间，那边才见，光影东头[3]？是天外，空汗漫[4]，但长风浩浩送中秋？飞镜无根谁系[5]？姮娥不嫁谁留[6]？　　谓经海底问无由[7]，恍惚使人愁。怕万里长鲸，纵横触破，玉殿琼楼[8]。虾蟆故堪浴水，问云何玉兔解沉浮[9]？若道都齐无恙[10]，云何渐渐如钩？

【注释】

1　将旦：天快亮的时候。

2　天问：《楚辞》篇名，屈原所作，作者向天提出种种奇问，全篇由170多问组成。

3　"那边"二句：是说月亮在那边（地球的西半球）才刚刚从东方升起。

4　汗漫：广大无边。

5　"飞镜"句：谓月亮如飞镜无根，是谁用绳子将它系在天空？

6　"姮娥"句：谓月中仙子姮娥（嫦娥）一直没有

出嫁，又是谁将她留下的？

　　7　"谓经海底"句：语本唐卢仝《月蚀》诗："烂银盘从海底出，出来照我草屋东。"古人认为月亮是从海底出来的。问无由，无从询问。

　　8　"怕万里"三句：意谓如果月亮行经海底，就使人担心月中的玉殿琼楼会被万里长鲸撞坏。玉殿琼楼，神话传说的月中宫殿。据《拾遗记》："翟乾祐于江岸玩月，或问此中何有？翟曰'可随我观之。'俄见月规半天，琼楼玉宇烂然。"

　　9　"虾蟆"二句：意谓如果说月中虾蟆本来会游泳的话，那么玉兔何以能在水中自由沉浮？按，神话传说，月宫中有蟾蜍（虾蟆）戏水，白兔捣药。故堪，固然能够。

　　10　无恙（yàng 样）：完好无损。

【解读】

　　本篇在宋词中是一种创格，它采用《天问》体问月，问得奇，问得巧，打破上下片分片的常格，毫不停顿地一口气问到底，一共向月亮问了九个问题。第一问：天快亮了，月儿你悠悠西行，将去向何方？第二问：是否西天别有人间，你从这边向西落下，又从那边缓缓东升？第三问：天空那样浩渺无边，你是否凭借浩浩秋风推动你运行？第四问：你像一面无根的飞镜，是谁用绳子将你系在天空中？第五问：你那月宫里的嫦娥一直没有出嫁，是谁把她留下的？第六问：听说你是从海底升起又落回海底的，这是真是假？第七问：如果你真是从海底出来的，那么你的玉殿琼楼怎会不被纵横万里的长鲸触破？第八问：月宫中的虾蟆固然会戏水，怎么那不识水性的玉兔也能自由沉浮？第九问：如果说月亮上的一切都安然无恙，那么一轮圆月为什么又会渐渐变成弯钩？这些问题，月如有知，将穷于回答。但这种深追穷问，并非故作奇巧，而是体现了辛弃疾这位八百年前的智者对天象的敏锐观察与领悟——他已经朦胧地猜测到地球是圆的和月轮是在绕地球旋转的道理。所以王国维《人间词话》称赞此词道："词人想象，直悟月轮绕地之理，与科学家密合，可谓神悟。"

水调歌头

　　赵昌父七月望日用东坡韵叙太白、东坡事见寄[1]，过相褒借[2]，且有秋水之约[3]；八月十四日余卧病博山寺中[4]，因用韵为谢，兼寄吴子似[5]。

　　我志在寥阔[6]，畴昔梦登天[7]。摩挲素月[8]，人世俯仰已千年[9]。有客骖鸾并凤[10]，云遇青山、赤壁[11]，相约上高寒[12]。酌酒援北斗[13]，我亦虱其间[14]。　　少歌曰[15]："神甚放，形则眠[16]。鸿鹄一再高举，天地睹方圆[17]。"欲重歌兮梦觉，推枕惘然独念[18]：人事底亏全[19]？有美人可语，秋水隔婵娟[20]。

【注释】

　　1　赵昌父：辛弃疾的友人，名蕃，字昌父，家居信州玉山县（今属江西）之章泉，世称章泉先生。与辛弃疾多有诗词唱和。望日：阴历每月十五日称望日。用东坡韵：指用苏轼《水调歌头》（明月几时有）一阕的韵。

　　2　过相褒借：赞扬过甚。

　　3　秋水：指作者瓢泉别墅里的秋水堂。

　　4　博山寺：见前《丑奴儿·书博山道中壁》

236

"博山"注。

5　用韵：指用苏轼《水调歌头》（明月几时有）一阕的韵。吴子似：吴绍古，字子似，鄱阳（今江西波阳）人，时任铅山县尉。有史才，工诗词，与辛弃疾交往甚密，常互相唱和。

6　寥阔：即寥廓，旷远、广阔之意。《楚辞·远游》："下峥嵘而无地兮，上寥廓而无天。"这里指太空。

7　畴（chóu 愁）昔：往日，这里特指昨夜。《礼记·檀弓上》："予（指孔子）畴昔之夜梦坐奠于两楹之间。"又，苏轼《后赤壁赋》："畴昔之夜，飞鸣而过我者，非子也耶？"都是指的昨夜。畴，助词，无义。梦登天：化用楚辞《九章·惜诵》："昔余梦登天兮，魂中道而无杭。"

8　摩挲（suō 梭）：用手抚摸。素月：皎洁的明月。

9　俯仰：低头抬头之间。形容时间之快。王羲之《兰亭集序》："向之所欣，俯仰之间，已为陈迹。"

10　客：这里指友人赵昌父。骖（cān 参）鸾（luán 峦）并凤：驾驶着鸾鸟和凤凰。骖，古代驾车时位于车的两侧的马。这里当动词用，作"驾驶"讲。鸾，传说中凤凰一类的鸟。

11　青山、赤壁：这里代指李白和苏轼。据《新唐书·李白传》，李白死后葬在当涂谢家青山之东麓（在今安徽马鞍山市）；苏轼贬官黄州时，有赤壁之游，并写下了著名的前后《赤壁赋》和《念奴娇·赤壁怀古》词等。

12　高寒：天上高寒之处，这里指月宫。语本苏轼《水调歌头》词："我欲乘风归去，又恐琼楼玉宇，高处不胜寒。"

13　"酌酒"句：化用屈原《九歌·东君》："援北斗兮酌桂浆。"援北斗，拿起北斗当酒勺。

14　"我亦"句：意谓我也有幸厕身于李白、苏轼之间。虱其间，语本韩愈《泷吏》诗："不知官在朝，有益国家不。得无虱其间，不武亦不文。"虱，作动词用，意谓无才而渺小，不配与他人为伍。

15　少歌：小声吟唱。楚辞《九章·抽思》有"少歌"，王逸注："小吟讴谣以乐志也。少亦作小。"

16　"神甚放"二句：谓形体虽处于睡眠状态，魂魄却自由飞翔。

17　"鸿鹄"二句：化用贾谊《惜誓》："黄鹄之一举兮，知山川之纡曲；再举兮睹天地之圆方。"鸿鹄（hú湖），大雁和天鹅。古人常将二者并提，泛指高飞的大鸟。此处用以比喻作者自由飞翔的魂魄。

18　"推枕"句：化用苏轼《水龙吟》（小舟横截春江）词："推枕惘然不见，但空江、月明千里。"

19　底：为什么。亏全：缺损与圆满。

20　"有美人"二句：化用杜甫《寄韩谏议》诗："美人娟娟隔秋水。"美人，这里指知己朋友如赵昌父、吴子似等。娟娟，姿容美丽。

【解读】

此词为庆元四年至六年（1198—1200）期间作者闲居瓢泉时所作。这是一首借梦抒怀的词。所做之梦为与李白、苏轼两位前代浪漫诗人联袂登天遨游，所抒之怀则是一种希求冲破现实社会的阻碍、获得精神解放的强烈愿望。上片先写登天遨游。开头两句交代昨夜梦见登天，"志在寥阔"一语，充分表现出大英雄、大诗人非凡的胸襟与气概。以下从"摩挲素月"直至下片中间的"天地睹方圆"句止，为全篇的核心，皆是描写梦境。作者又一次不拘常格，为了述事抒情的需要而打破了上下片的界限。在这一大段梦境的描述中，作者先写自己飞上了天空，摩挲素月，俯仰之间，人世已过千年。接着写"客"来相告，说是他遇到了李白、苏轼，相约到更高更远的天上去。于是作者欣然与他们同往。他们飘飘飞行，飞到了北斗之旁，便以斗勺酌酒，四个人开怀痛饮起来。酒酣耳热之际，他们小声唱起歌来：歌唱自己精神得到了空前的解放，歌唱自己无拘无束、自由自在地不断腾飞，尽情地观看这个天圆地方的世界……梦境是无比美好的，但又是非常短暂的。当他们还想把歌儿再唱一遍的时候，作者却陡然惊醒，发觉自己还是躺在博山的小茅庵中！于是在词的第三段（亦即末尾五句）中，作者吐露了内心一片怅然若有所失的抑郁之情。他推枕而起，独自思索着：人间之事为何如此不如人意，一似月亮的暂满还亏？最后他用美人娟娟远隔秋水、可望而不可及为喻，表达了对友人的思念，同时也表达了自己的理想难以实现的怅惘之情。全篇想象丰富而奇幻，笔势雄放而苍凉，既有李太白、苏东坡豪放清旷的遗风，又保持着自身的深沉、悲慨与执着。这样的风格在辛词中颇有代表性。

西江月

遣　兴

醉里且贪欢笑，要愁那得工夫？近来始觉古人书，信着全无是处[1]。　　昨夜松边醉倒，问松："我醉何如[2]？"只疑松动要来扶，以手推松曰："去[3]！"

【注释】

1　"近来"二句：谓近来才明白，完全相信古人书上的话是错的。语本《孟子·尽心下》："尽信书，则不如无书。"

2　我醉何如：我醉得怎么样。何如，怎样，怎么样。

3　"以手"句：《汉书·龚胜传》："博士夏侯常见胜应禄不和，起至胜前，谓曰：'宜如奏所言。'胜以手推常曰：'去！'"

【解读】

这首词也是庆元年间隐居瓢泉时所作。借酒浇愁本是稼轩词中屡见不鲜的一个内容，但这一篇写酒醉之态别有风味，表现手法十分新颖生动，而且通过对醉态的自我描写，表现了作者倔强的性格和战斗者的锋芒。上片先表达了对社会现实满腹牢骚的作者借酒浇愁时极为清醒的心态："欢"之可"贪"，因为它是暂时得之，实在不易；古书之不可信，是因为南宋当时严酷的社会现实，决非用现成的典籍所能解释和处理得了的。作者的意思当然不是菲薄古人，否定一切古书的价值和意义，而是针对当时政治上没有是非和古人的至理名言都被抛弃的状况，发为愤激之论。同时我们应该看到，这个句子包涵着深刻的哲理。下片专写醉态。松边醉倒，与松问答，疑松来扶，举手相拒，此老的醉态、狂态多么活泼可爱！夏承焘先生评论说："下片写出自己倔强性格，就是他的《贺新郎》词所谓'北夏门高从拉挞，何事须人料理'（用《世说》和峤说任恺语）的意思。这样写闲适，和朱敦儒一般人的'拖条筇杖家家竹，上个篮舆处处山'，显然是另一种心情。"（月轮山词论集·辛词论纲）此词写法上还有一个特点，就是语言通俗简洁，明快自然，将警策的议论与生动的白描结合起来，使得所写的形象和意境十分耐人寻味。

浣溪沙

父老争言雨水匀¹，眉头不似去年颦²。殷勤谢却甑中尘³。　　啼鸟有时能劝客，小桃无赖已撩人⁴。梨花也作白头新⁵。

【注释】

1　父老：乡间德高望重的老年人。争言：都争着说。雨水匀：指风调雨顺。

2　颦（pín 频）：皱眉头。愁苦的样子。

3　殷勤：情意恳切。这里指事情做得很认真、很仔细。谢却：辞掉。这里指清除掉。甑（zèng 赠）中尘：甑中有尘土，形容很贫穷。典出《后汉书·独行传》：范冉，字史云，家贫，有时甚至绝米断炊。乡里歌曰："甑中生尘范史云。"甑，一种陶制的蒸食用的炊具。

4　无赖：顽皮可爱。见前《清平乐·村居》"无赖"注。撩人：挑逗人，吸引人。

5　白头新：雪白的梨花开满了枝头。

【解读】

此词作于庆元六年（1200）闲居瓢泉时。词专写这一年春天风调雨顺给农村带来的美景。上片写农家因好天气而产生的欣喜之情，流露出作者对民生疾苦的关怀。首句写春来风调雨顺，使有经验的老农笑逐颜开。这里炼一"争"字和一"匀"字，前者状写老农们兴奋和庆幸之情，后者则强调自然气候的良好适宜。二、三两句是对比，将今年的好兆头与去年进行比较，说去年是灾荒之年，农家穷得连甑子里都积了尘土；今年开年光景不错，可望有米下锅了，因此父老们的眉头不像去年那样皱得紧紧的了。下片则着力描写瓢泉别墅周围的乡野里充满生机的春景，反映出作者对田园生活的热爱。作者选取的是能够代表春天特征的三种美好物象：首句写啼鸟的欢快鸣叫，次句写桃花的明艳招人，末句写梨花的清丽洁白。这里没有一般落套的描红染绿和堆垛刻画，而是遗貌取神，将动植物都人格化了：小鸟会唱歌"劝客"，小桃以其明艳的花枝"撩人"，而梨树也争开出新鲜洁净的白花，那颜色使人联想起它是在头上戴上了洁白无瑕的头巾……通过这一系列跳动欢快的描绘，一幅重在写意的南国春天美景图活生生地呈现出来了。

鹧鸪天

有客慨然谈功名，因追念少年时事[1]，戏作。

壮岁旌旗拥万夫[2]，锦襜突骑渡江初[3]。燕兵夜娖银胡䩮[4]，汉箭朝飞金仆姑[5]。　追往事，叹今吾，春风不染白髭须[6]。却将万字平戎策[7]，换得东家种树书[8]。

【注释】

1　少年时事：指作者青年时在山东济南起兵抗金的那一段往事。

2　"壮岁"句：化用黄庭坚《送范德孺知庆州》诗："春风旌旗拥万夫。"壮岁，少壮之时。

3　锦襜（chān 搀）突骑：穿锦衣的精锐骑兵。张孝祥《水调歌头·凯歌上刘恭父》："少年荆楚剑客，突骑锦襜红。"突骑，能冲突敌人军阵的骑兵。

4　燕兵：指金兵。娖（chuò 绰）：整理。银胡䩮（lù路）：饰银的箭袋。《集韵》："胡䩮，箭室。"

5　金仆姑：春秋时箭名。《左传·庄公十一年》："公以金仆姑射南宫长万。"此泛指箭。

6　"春风"句：化用欧阳修《圣无忧》词："好景

能消光景，春风不染髭须。"春风，比喻青春。

7　万字平戎策：指作者屡次上呈朝廷论抗金恢复策略步骤的奏疏、策论等，今尚存者有《美芹十论》、《九议》等数篇。平戎策，论平定外敌的战策。语本《新唐书·王忠嗣传》："因上平戎十八策。"

8　种树书：有关种树栽花的书籍。《史记·秦始皇本纪》："所不去者，医药卜筮种树之书。"韩愈《送石处士赴河阳幕》诗："长把种树书，人云避世士。"代指隐居耕种的生活。

【解读】

　　这首词为作者失意闲居瓢泉期间所作。小序称"戏作"，实际上却感慨很深。作者在词中满怀深情地追忆了自己少壮时那一段短暂而辉煌的抗金杀敌的斗争生活，对于投闲置散、无法实现政治理想的难堪现状表示了强烈的不满，因而此词可当作一篇简括而形象化的稼轩自传来品读。上片回忆作者一生中最值得骄傲的那一段聚众抗金、跃马杀敌的非凡经历，青年英雄叱咤时代风云的英姿跃然纸上。首句，旌旗拥万夫，写出了山东抗金义军的赫赫军威和作者作为万人之英的伟岸形象。次句，锦襜铁骑渡江，记叙了作者率兵擒拿叛贼、突围渡江归宋的壮烈行为。"燕兵"二句，用工整而精炼的对仗回忆了当年义军与金兵鏖战的日日夜夜，气氛紧张而热烈，场面阔大而壮观。下片则以目前被迫闲居的颓唐老境来与上面搏击风云的黄金时代相对比，抒发壮志难酬的深沉悲慨。作者南归几十年，一直未忘北伐大业，屡次向朝廷上陈恢复方略，先后上了《美芹十论》、《九议》等万言名篇，可一直没有得到统治者采纳。直到五十四岁时他还写了《论荆襄上流为东南重地》的奏议，对抗金北伐事业提出自己的精辟见解。可这一切不但得不到回应，他反而被罗织罪名，罢官闲居，"万字平戎策"换来的竟是"东家种树书"！下片反映的，就是他南归几十年的不幸遭遇和抑郁心境。末尾二句不直发牢骚，而是出以反语和自嘲，愈显得沉郁深厚，无穷的悲慨都含蕴于其中。通篇调短情长，言简意深，寥寥五十五字，把作者一生的经历和悲愤都概括进去了。

卜算子

千古李将军[1]，夺得胡儿马[2]。李蔡为人在下中，却是封侯者[3]。　　芸草去陈根[4]，笕竹添新瓦[5]。万一朝家举力田[6]，舍我其谁也[7]？

【注释】

1　李将军：指西汉抗击匈奴的名将李广。见前《八声甘州》（故将军饮罢夜归来）"李广传"注。

2　"夺得"句：据《史记·李将军列传》记载，有一次李广在雁门关抗击匈奴，因寡不敌众，重伤被俘。匈奴人让他躺在一面网上，置于两匹马之间。他装作死了，偷眼看见旁边一个敌兵骑着一匹好马，于是突然一跃而起，将那人推下马，夺得马骑上，并夺得弓箭，策马往回奔驰数十里，把残部又集合起来。胡儿，指匈奴兵士。

3　"李蔡"二句：据《史记·李将军列传》记载，李蔡是李广的堂弟，他俩都先后共事汉文帝和武帝。李蔡的才能和人品都较差，在当时只能列为下中等。可是李蔡偏偏得到重用，官至宰相，封为列侯。而李广却终生坎坷，不得封侯。

4　芸草：锄草。芸，同耘。陈根：老根。

5　笕（jiǎn 减）竹：劈开竹筒，去掉节疤，做瓦用。

6　"万一"句：西汉时朝廷曾规定孝悌力田为选拔

人才的科目之一，设这个科目的目的是奖励有孝悌之行和努力耕田的人，中选者受到赏赐并免除徭役。朝家，朝廷。力田，努力耕作。

7　"舍我"句：语本《孟子·公孙丑下》："如欲平治天下，当今之世，舍我其谁也。"意为：除了我还有谁呢？

【解读】

此词也是在瓢泉闲居时发牢骚之作。作者对汉代飞将军李广有着特殊的感情，词中多次写到、甚至专章歌咏（如前选《八声甘州》）过李广其人。这原因在于，李广的功高不赏、怀才不遇的经历，与作者有相似之处。这首词用影射比附的手法，通过李广、李蔡二人才干人品及所受待遇的对比，抗议南宋统治者糟蹋人才，重用庸才。上片专将广、蔡二人来对比。首二句歌颂李广。李广一生战功累累，英雄事迹很多，小令篇幅有限，写哪一起呢？作者选取的是李广战斗生涯中最惊心动魄、最能反映其非凡能力的那一幕：重伤被俘后巧夺胡儿马，胜利回归汉营。如此英勇而多智的大将，理应受到重用和奖掖了吧？不。李广一生坎坷，最后含冤自杀。昏聩糊涂的皇帝和宰相们呀，你们是多么残忍地扼杀人才呀！——这些都是首二句之后应有的联想和下文，但作者将这些一概略去，留作潜台词让读者去补充和咀嚼。紧接着是"李蔡为人在下中，却是封侯者"这样对比强烈的两句，作者的满腔义愤全都溢于言表，一下子把事情的极端不合理揭示在读者面前。下片撇开历史人物，直接发牢骚。前二句看似平平叙述自己的田园生活，但弦外之音显然是：抗金杀敌、治国平天下的双手，竟然被用来锄草和修房子！末二句语转愤激，说是如果朝廷选拔种田能手，除了我还有谁？这是继上片的牢骚，再次对当权者压抑栋梁之材，排斥抗战派的愚蠢行径进行辛辣的讽刺。

粉蝶儿

和赵晋臣敷文赋落梅[1]

昨日春如、十三女儿学绣[2]，一枝枝、不教花瘦[3]。甚无情[4]，便下得[5]，雨僝风僽[6]。向园林、铺作地衣红绉[7]。　　而今春似、轻薄荡子难久。记前时、送春归后，把春波，都酿作，一江醇酎[8]。约清愁、杨柳岸边相候。

【注释】

1　赵晋臣敷文：赵不迁，字晋臣，绍兴二十四年（1154）进士，官至敷文阁学士，故称敷文。他寓居上饶时，常与辛弃疾唱和。

2　十三女儿：语本杜牧《赠别二首》其一："娉娉袅袅十三馀。"

3　不教花瘦：把花绣得很肥大。

4　甚无情：真无情。

5　下得：忍得，忍使。

6　僝僽（chán zhòu 缠骤）：折磨。这里将两字拆开使用。

7　地衣红绉：红色有皱纹的地毯。形容铺在地上的落花。

8　醇酎（chún zhòu 纯宙）：汁浓味厚的美酒。

【解读】

这是作者寓居瓢泉期间与赵晋臣唱和的二十多首词中的一首,写作时间约在宁宗庆元六年（1200）。这首词是辛弃疾秾丽婉约词的代表作之一,它曲折而细腻地表现了作者爱惜春天、热爱美好事物的心情,通篇用比拟手法,形象十分鲜明生动。上片叹息大好春光无端被风雨摧残,在表现上可分为两个层次。一上来即用了一个生新出奇的比喻,把昨日烂漫的春光比作未成年的天真女子学绣花,花被绣得饱满肥大。以下"甚无情"句笔力急转,控诉狂风猛雨对春天的摧残和折磨。一个"甚"字下得极切,表达了作者对恶势力的象征——风雨的憎恶与气愤。"向园林"句则痛惜春天被"雨僝风僽"后的惨景:春花飘落,满地铺洒,多到积成了红地毯。真是"红消香断有谁怜"!下片深情地追怀已逝的春光。过片处,对春爱极而生恨,把春光的短暂比作一位轻薄荡子爱情难于持久,对于爱他的人毫无情意。以下回忆前些日子送春的情景:江边送春归后,情不能堪,为了让美好的春光保留在记忆中,忽发奇想,要将满载落花的江水全酿成醇酒,在杨柳岸边痛饮消愁。这个结尾含蓄隽永,让读者体味时也油然而生爱春惜春之情。此词一气贯串,句法奇特,风格是柔丽婉约中带刚健豪放。近人夏敬观分析它的艺术特点说:"连续诵之,如笛声宛转,乃不得以他文词绳之,勉强断句。此自是好词,虽去别调不远,却仍是秾丽一派也。"

喜迁莺

谢赵晋臣敷文赋芙蓉词见寿[1]，用韵为谢。

暑风凉月，爱亭亭无数[2]，绿衣持节[3]。掩冉如羞[4]，参差似妒[5]，拥出芙渠花发[6]。步衬潘娘堪恨[7]，貌比六郎谁洁[8]？添白鹭，晚晴时公子，佳人并列[9]。　　休说，搴木末；当日灵均，恨与君王别。心阻媒劳，交疏怨极，恩不甚兮轻绝[10]。千古离骚文字，芳至今犹未歇。都休问，但千杯快饮，露荷翻叶[11]。

【注释】

1　赵晋臣敷文：见前《粉蝶儿·和赵晋臣敷文赋落梅》"赵晋臣敷文"注。芙蓉：即荷花，莲花。见寿：（向辛弃疾）祝寿。

2　亭亭：挺拔娇美的样子。语本北宋周敦颐《爱莲说》："（莲花）中通外直，不蔓不枝，香远益清，亭亭净植。"

3　"绿衣"句：喻荷叶如绿衣使者持节而立。节，符节，古代使臣用以证明身份的信物。

4　"掩冉"句：形容荷叶一副因循退让的样子，像是因为形貌不及荷花美丽而羞愧。掩冉，亦作奄冉，因循

253

退让的样子。

5　"参差"句：意谓荷叶高高下下，探头探脑，像是对荷花怀着妒意。参差，高下不齐的样子。

6　芙渠：正作"芙蕖"，荷花的别名。《尔雅·释草》："荷，芙蕖。"曹植《洛神赋》："灼若芙蕖出渌波。"

7　步衬潘娘：典出《南史·齐东昏侯纪》："凿金为莲花，以帖地，令潘妃行其上，曰：'此步步生莲花也。'"

8　貌比六郎：典出《旧唐书·杨再思传》："（张）昌宗以姿貌见宠幸，再思又谀之曰：'人言六郎面似莲花，再思以为莲花似六郎，非六郎似莲花也。'"按，唐时张易之、张昌宗兄弟二人为武则天内宠，贵倾天下，朝中不呼官名，而称易之为五郎，昌宗为六郎。

9　"添白鹭"三句：化用杜牧《晚晴赋》："白鹭忽来，似风标之公子。"佳人并列，指白鹭飞来与荷花作伴，好似翩翩公子与佳人并列。佳人，美人，喻荷花。

10　"休说"七句：化用屈原《九歌·湘君》："采薜荔兮水中，搴芙蓉兮木末。心不同兮媒劳，恩不甚兮轻绝。"搴（qiān 千），拔取。灵均，屈原的字。心阻媒劳，指屈原与君王之间心不相通，枉劳媒使。

11　"但千杯"二句：以荷叶喻酒杯，以叶上露珠喻酒。写在荷塘边倾杯痛饮。按，唐段成式《酉阳杂俎》记有以荷叶为杯饮酒者，名曰"碧筒酒"。

【解读】

此词也是闲居瓢泉时与赵晋臣唱和之作。全篇咏物抒情，借荷花自表其屈原式的高洁之怀和满腔牢骚不平之气。上片咏荷花，用的是烘云托月之法。试看开头三句，以对荷花生长环境的描写发端，先写出荷花的护持者——荷叶的秀逸风姿。"掩冉"三句承此而来，继续对荷叶作拟人化的描写，以绿叶的情态来映衬红花。经过这样一番衬垫烘托之后，那娇美高洁的荷花终于被"拥出"来了。荷花既已出场，是写其貌，还是传其神？作者遗貌取神，专写荷花的高洁品格。"步衬"、"貌比"二句，将两个前人用得烂熟的典故巧加变化，用以赞扬荷花的精神和风度。前一句是说，荷花本来是出污泥而不染的圣洁之物，不料却被昏聩无行的君主将它作为与妃子取乐的垫脚之物，花若有知，会对这种凌辱感到怨恨和痛苦！后一句是说，那佞幸无耻的张六郎无非是一个以姿色事人的男中败类，将荷花比他，简直是亵渎了荷花；此花的高洁是任何俗物不能比拟的。从这两个典故的活用可以看出，作者的真正用意不在咏花，而是借花兴感，寄寓自己的志向与感情。"添白鹭"三句，已进入题旨——这是在含蓄地借花喻己：说明作者困居瓢泉期间，虽然像荷花那样孤独寂寞，但毕竟有二三风流潇洒的高士（包括本篇的酬答对象赵晋臣）为伴，可以稍稍感到欣慰。如果说上片还只是借物暗喻人的话，那么下片就舍物写人，直接呼喊出人的心声了。开头七句，语义愤激，一气贯注，借揭示屈原咏荷花的缘由与用意，倾吐自己几十年来受到南宋朝廷打击排挤的怨恨之情。"千古"二句，直接将上文写到的屈原悲剧与南宋现实联系起来，揭示自己吟咏荷花和想念屈原的缘由。至此，本篇借物兴感、怨恨现实的主题已经表现完毕。于是末尾三句乃发为放旷达观的劝饮之语。因本篇原是咏荷花以酬答友人，故在大段地借物抒情之后，结尾又涉笔成趣地以荷叶比酒杯，缴足以荷应酬友人的题面，切情切景，一举两得。

临江仙

苍壁初开[1]，传闻过实，客有来观者，意其如积翠、清风、岩石、玲珑之胜[2]，既见之，乃独为是突兀而止也[3]，大笑而去。主人戏下一转语，为苍壁解嘲。

莫笑吾家苍壁小，棱层势欲摩空[4]。相知惟有主人翁。有心雄泰华[5]，无意巧玲珑。　　天作高山谁得料，解嘲试倩扬雄[6]。君看当日仲尼穷[7]，从人贤子贡[8]，自欲学周公[9]。

【注释】

1　苍壁：作者在瓢泉别墅附近开山路时发现的一座石壁。因喜爱它高峻，就取名苍壁，开辟为自己的游览地。

2　积翠、清风：即积翠岩、清风峡，都在铅山县境内，是作者的朋友赵晋臣喜爱的风景区。岩石、玲珑：指作者的朋友何异在铅山县的别墅里的两座美丽的山石。

3　突兀：高峻的样子。

4　棱层：山高而险的样子。摩空：上接青天。

5　泰华：指泰山、华山。

6　"解嘲"句：只有请扬雄来驳难解嘲。倩（qiàn

欠），请。扬雄，西汉辞赋家，曾作《解嘲》一文。

7　仲尼：孔子的字。穷：指孔子在世时政治上很不得意。

8　"从人"句：《论语·子张》记载时人语："子贡贤于仲尼。"即认为孔子的学生子贡比他还贤明。从人，门生，徒弟。子贡，孔子的学生，复姓端木，名赐，字子贡。

9　周公：即姬旦，西周初年著名的政治家，为孔子儒家学派所尊崇的理想人物。

【解读】

作者在瓢泉时所开的苍壁，毫无玲珑秀丽之态，只具高峻突兀之姿。客人们慕名而来，却无不掩口嗤笑而去。作者对此并不感到灰心丧气，他与世俗的审美眼光不同，对苍壁别有所爱，于是借山石以言志，写成了这首抒情小词。上片歌颂苍壁，赞美其突兀峻拔之势。首二句即小序中所说的"转语"，是接过客人的嘲讽来加以反驳，告诉嗤笑者：莫要瞧不起这乡野里不知名的小小山石，它好就好在虽小而高，虽陋而雄，有"欲与天公试比高"的非凡气势。第三句，自称为苍壁的知己，言外之意是：苍壁的雄姿，正是主人翁自己倔强傲岸人格的化身。"有心雄泰华，无意巧玲珑"二句，具体地赋予苍壁以雄豪高傲的性格，说它有心要与名扬天下的泰山、华岳比高争雄，而无意打扮得小巧玲珑以取媚于流俗。至此，借山石言志的意图已流露出来。于是下片以"天作高山谁得料"一句作转折，直抒自己的政治情怀。"天作"二句意谓：时代造就了一批爱国济世的高士，但世俗不能理解和赞赏他们，这就需要明志明道，以免误解（所谓"解嘲"）。第三句，用孔子在世时的坎坷遭遇自解，实际是在发牢骚，说明从古到今贤能之士命运多不佳。末尾二句，发愿要学习孔子的贤徒子贡，追步周公的事业——实际就是想按儒家的美好理想来治国平天下，把宋朝振兴起来。全篇借物明志，充分表现了作者不同流俗的审美观和身在山林、心怀天下的志士仁人胸怀。

贺新郎

邑中园亭[1]，仆皆为赋此词[2]。一日，独坐停云[3]，水声山色，竞来相娱，意溪山欲援例者[4]，遂作数语，庶几仿佛渊明思亲友之意云[5]。

甚矣吾衰矣[6]！怅平生、交游零落，只今馀几？白发空垂三千丈[7]，一笑人间万事。问何物、能令公喜[8]？我见青山多妩媚，料青山、见我应如是[9]。情与貌，略相似。　　一尊搔首东窗里[10]。想渊明、停云诗就，此时风味。江左沉酣求名者，岂识浊醪妙理[11]！回首叫、云飞风起[12]。不恨古人吾不见，恨古人、不见吾狂耳[13]。知我者，二三子[14]。

【注释】

1　邑：县，指铅山县。

2　仆：自我谦称。此词：指《贺新郎》词调。

3　停云：停云堂，为作者瓢泉别墅内堂名。

4　意：猜度，料想。援例：依照前例。指以《贺新郎》词调咏铅山县园亭。

5　庶几：差不多。渊明思亲友：东晋诗人陶渊明有

《停云》诗四首，自谓是"思亲友"之作。

6　"甚矣"句：这是孔子感叹自己衰老的话，见前《最高楼》（吾衰矣）一阕"吾衰矣"注。

7　"白发"句：化用李白《秋浦歌》："白发三千丈，缘愁似个长。"

8　"问何物"二句：有什么事情能让你喜欢呢？能令公喜：《世说新语·宠礼》记载，王恂、郗超并有奇才，为大司马桓温所赏识，荆州人说此二人"能令公（桓温）喜，能令公怒"。辛词套用此语。

9　"我见"三句：借用《新唐书·魏徵传》所载唐太宗赞赏魏徵语："人言（魏）徵举动疏慢，我但见其妩媚耳。"妩媚，姿态美好可爱。应如是，应该也是这样。

10　"一尊"句：化用陶渊明《停云》诗："静寄东轩，春醪独抚。良朋悠悠，搔首延伫。"搔首，挠头，烦急的样子。

11　"江左"二句：讥笑南朝士人只知醉心于求取名利，并不真正懂得酒中的妙理。这是化用苏轼《和陶潜饮酒诗》："江左风流人，醉中亦求名。"和杜甫《晦日寻崔戢李封》诗："浊醪有妙理，庶用慰沉浮。"江左，长江以东，指过去建都金陵的南朝。浊醪（láo 劳），浊酒。

12　"回首叫"二句：化用汉高祖刘邦《大风歌》："大风起兮云飞扬，威加海内兮归故乡，安得猛士兮守四方。"

13　"不恨"三句：袭用南朝张融语："不恨我不见

古人，所恨古人不见我。"（《南史·张融传》）

14 "知我者"二句：真正了解我的知心朋友，也只有二三人而已。二三子，语本《论语·先进》："非我也，夫二三子也。"此处用以指少数几个知心朋友。

【解读】

这是作者为自己瓢泉别墅内新建的停云堂题写的一首词。"停云"的命名从陶渊明《停云》诗而来。陶诗的主要内容是思亲友和饮酒两个方面，此词也写到了这两个方面，但不是简单地承袭古人，而是借此宣写自己壮志未酬、知音稀少、孤独沉闷的心情以及轻名傲世、狂放不羁的豪士性格。上片写年华飞逝、人已衰老而政治理想难以实现的苦闷。一上来的六句，奔泻似地直抒胸臆：首句用孔子的话，大声叹息，自伤一生失意；"怅平生"二句，感叹交游零落，知音难求；"白发"四句，语更沉痛，说自己白白奋斗一生，功业无成，如今徒然老大，对人间万事，只好付之悲凉的一笑。下面"我见青山"五句，写法一变，用婉曲的笔触，拟人化的手法，把青山写得有情有义，愿与作者成为忘形相交的知己。作者在人世缺少知音，只好找无知觉的青山来做朝夕相处的伴侣。这样的顿挫曲折之笔，比之前面的尽情宣泄，更深刻地揭示了自己孤寂幽单的处境。下片写饮酒，借此表现自己不甘寂寞消沉，渴求再度出山有所作为的心愿。前四句慕想陶渊明当年饮酒的潇洒意态，意在引这位千古高士为自己的异代知己。"江左"二句则从歌颂理想人物转而暗刺南宋时代那些追名逐利之徒，说他们思想境界低下，不会懂得高尚之士饮酒另有"妙理"。"回首叫"二句是对"妙理"的发挥，化用刘邦《大风歌》的名句，表明自己饮酒时想的仍是国家大事，心中渴求的是再上战场，去搏击风云。语调由哀婉悲凉转为雄放迸发。"不恨"三句语调又一转，套用古人成句，表现自己因叱咤风云的愿望不得实现而万般无奈的疏狂之态。近人况周颐《蕙风词话》解说词人之"狂"道："狂者，所谓一肚皮不合时宜，发见于外者也。"辛弃疾这里所写的"狂"，正是一种对现实社会深感"不合时宜"的怨愤之情。全词末二句"知我者，二三子"，再次感叹知音稀少，与开篇的"交游零落，只今馀几"相呼应，加重和强调自己的孤独感。全词所塑造的，正是辛弃疾这样一位伟大的孤独者的自我形象。

水龙吟

老来曾识渊明[1]，梦中一见参差是[2]。觉来幽恨，停觞不御[3]，欲歌还止。白发西风，折腰五斗[4]，不应堪此[5]。问北窗高卧[6]，东篱自醉[7]，应别有，归来意。　　须信此翁未死，到如今、凛然生气[8]。吾侪心事[9]，古今长在，高山流水[10]。富贵他年，直饶未免[11]，也应无味。甚东山何事，当时也道，为苍生起[12]。

【注释】

1　渊明：东晋大诗人陶潜，字渊明。

2　参差是：仿佛是，好像是。

3　"停觞（shāng 商）"句：停下酒杯不饮。觞，酒杯。御，进，用。这里引申为饮。

4　"折腰"句：见前《最高楼》（吾衰矣）"未曾"句注。

5　堪：忍受。此：指"为五斗米折腰"这样的事。

6　北窗高卧：谓陶渊明的隐居生活舒适而愉快。陶渊明《与子俨等疏》："常言五、六月中，北窗下卧，遇凉风暂至，自谓是羲皇上人（上古之人）。"

7　"东篱"句：谓陶渊明在隐居之地饮酒赏菊。陶渊明《饮酒》诗："采菊东篱下，悠然见南山。"

8 "凛然"句：语本《世说新语·品藻》："庾道季云：'廉颇、蔺相如，虽千载上死人，凛凛恒如有生气。'"凛然，严肃而令人敬畏的样子。

9 吾侪（chái 柴）：我辈，我们。

10 "高山"句：《列子·汤问》："伯牙善鼓琴，钟子期善听。伯牙鼓琴，志在高山，钟子期曰：'善哉，峨峨兮若泰山！'志在流水，钟子期曰：'善哉，洋洋兮若江河！'伯牙所念，钟子期必得之。"后遂以"高山流水"比喻知音关系。

11 "富贵"二句：用东晋谢安语。《世说新语·排调》："谢安在东山居布衣时，兄弟已有富贵者，翕集家门，倾动人物。刘夫人戏谓安曰：'大丈夫不当如此乎？'谢乃捉鼻曰：'但恐不免耳。'"直饶，即使、纵然之意。

12 "甚东山"三句：这也是用谢安事。据《世说新语·排调》记载，谢安隐居东山，朝廷屡召不出，众人相与言："安石不肯出，将如苍生何（谢安不肯出山，百姓怎么办）？"东山，这里代指谢安。何事，为什么。苍生，黎民百姓。

【解读】

此词也是作者隐居瓢泉期间所作。全篇极写对晋代高士陶渊明的思慕景仰之情，同时也自明心志，抒写了自己的政治情怀。上片一开始五句，总写对陶渊明的无限倾慕敬爱之情。作者对陶渊明的倾倒爱慕，已到了梦寐以求的痴迷地步。为何如此？"白发"三句回答了这个问题：是陶渊明那耿直正派、不为五斗米折腰的高风亮节折服了作者。以下"问北窗"四句，进一步揭示自己钦佩陶渊明的深层原因。其意略云：陶渊明归乡隐居，表面上悠闲潇洒，睡觉饮酒，自得其乐，实际上他是"别有"俗人不知的"归来意"的。这里别具眼光，一反世俗认为陶渊明只是一个浑身飘逸静穆的隐士的浅见，点明了陶的退隐是因为看不惯黑暗现实，只得采取洁身自好的态度，而并非忘了人世，忘了国家与事业。这里实际上是借说陶渊明而暗示自己此时此地的心态。下片进而引陶渊明为自己的异代知音和学习的楷模。过片二句谓陶渊明虽死犹生，精神千年常在，是自己效法的榜样。"吾侪"三句则表明自己与陶渊明之间有共通的思想和生活情趣，是高山流水的知音。"富贵"三句更进一步挑明与陶渊明精神上的共通点：自从学到陶的精神和节操之后，已将富贵荣华视如草芥；即使将来还可能做官，也会觉得官场毫无趣味。结尾三句，归结到自己身上来，用谢安的典故，借以表明：自己将来如果再出山，绝非为了世俗的富贵尊荣，而只是"为苍生起"，即为了解除国家人民的苦难而起。辛弃疾隐居带湖、瓢泉期间，写了不少歌咏陶渊明的词，其中以这一首对陶渊明评价最高，作者与陶渊明精神上的共鸣也最为强烈。

贺新郎

别茂嘉十二弟[1]。鹈鴂、杜鹃实两种，见《离骚补注》[2]。

绿树听鹈鴂。更那堪、鹧鸪声住，杜鹃声切。啼到春归无寻处，苦恨芳菲都歇[3]。算未抵、人间离别。马上琵琶关塞黑[4]，更长门、翠辇辞金阙[5]。看燕燕，送归妾[6]。　　将军百战身名裂[7]。向河梁、回头万里，故人长绝[8]。易水萧萧西风冷，满座衣冠似雪。正壮士、悲歌未彻[9]。啼鸟还知如许恨[10]，料不啼、清泪长啼血。谁共我，醉明月？

【注释】

1　茂嘉十二弟：即辛茂嘉，是作者的族弟，因其排行十二，故称十二弟。此时他因事调官桂林，作者作词相送。

2　鹈鴂（tí jué 提决）、杜鹃：两种鸟，啼声皆悲。《离骚补注》：书名，宋洪兴祖撰。其中说："子规（杜鹃）、鹈鴂二物也。"

3　"啼到"二句：化用屈原《离骚》："恐鹈鴂之先鸣兮，使夫百草为之不芳。"芳菲，指各种花草。

4　马上琵琶：用西汉王昭君出塞远嫁匈奴事。晋石崇《王明君辞序》曾推测王昭君出塞的情况说："昔公主嫁乌孙，令琵琶马上作乐，以慰其道路之思。其送明君（昭君），亦必尔也。"李商隐《王昭君》诗："马上琵琶行万里，汉宫长有隔生春。"关塞黑：语本杜甫《梦李白二首》："魂来枫林青，魂返关塞黑。"借指王昭君出塞时边关要塞一片昏暗。

5　长门：汉宫名。武帝陈皇后失宠后幽居之所。翠辇（niǎn 辇）：用翠羽装饰的宫车。金阙：宫殿。

6　"看燕燕"二句：《诗经·邶风·燕燕》："燕燕于飞，差池其羽。之子于归，远送于野。瞻望弗及，涕泣如雨。"据汉代毛苌的解释，这是春秋时卫国庄姜夫人送归妾之作。据《左传·隐公三年、四年》记载，卫庄公夫人庄姜无子，以庄公妾戴妫之子完为子。完即位不久，就在一次政变中被杀，戴妫遂被遣返。庄姜远送于野，作《燕燕》诗以赠别。

7　"将军"句：将军指西汉时的李陵，他多次与匈奴作战，立下不少战功，但最后一次战败投降了匈奴，所以说"身名裂"。

8　"向河梁"三句：世传李陵《与苏武诗》有"携手上河梁，游子暮何之"之句；又，《汉书·苏武传》载李陵送别苏武语："异域之人，一别长绝。"辛词这里合而化用之。河梁，河桥。故人，指苏武。长绝，永别。

9　"易水"四句：用荆轲辞燕入秦刺秦王事。据

《史记·刺客列传》记载：战国末年，燕太子丹命荆轲行刺秦王嬴政。荆轲离开燕国时，太子丹及众宾客皆白衣素服相送于易水之上。在饯别宴会上，高渐离击筑，荆轲和乐而歌："风萧萧兮易水寒，壮士一去兮不复还。"未彻，没有结束。指歌声犹在耳中回荡。

10　还知：倘若知道，如果知道。如许：这么多。

【解读】

此词也是闲居瓢泉时所作。据刘过《沁园春·送辛稼轩弟赴桂林官》词意，辛弃疾的族弟辛茂嘉也是一个志在抗金而重忠义气节的人。他因事调官桂林，辛弃疾赋二词赠别（另一首《永遇乐》见下篇）。这首词仿前人作《恨赋》、《拟恨赋》的手法，集许多古代怨事以寄寓作者自己忧国愤世的情怀。理解全词的关键，是其中五个表现古代薄命女子与失败英雄辞家去国之恨的典故。前三个典故是说薄命女子，后两个典故是说失败英雄，但都不是讲私人之间一般的伤离怨别，其内容均属极为严重的生离死别，且都关涉国家命运。精心选取这些典故来编织成词，总体上造成一个悲剧气氛极浓的抒情意境，这就可见作者所抒写的远不止是兄弟之间的情谊，而是用这些故事来暗寓家国兴亡及他本人作为失败英雄的身世之感。清人周济认为此词上片是表现"北都（汴京）旧恨"，下片是表现"南渡新恨"（《宋四家词选》），所说大致不差。上片特意选用春秋时戴妫被迫离开卫国，以及汉代以公主、宫嫔与敌国和亲的典故，确能使人联想到北宋末年朝廷对金国妥协投降、皇帝与三宫六院美人被俘北行的惨痛事实。下片的两个典故，是以历史上的匈奴、秦国喻金国，借李陵、荆轲的悲剧暗寓一生坚持抗金的辛弃疾本人壮志不酬的愤懑之情。本篇章法极妙，它以送别为题，以听鸟儿悲啼起兴，在抒发了悲愤之情之后，又不忘照应开头，以使首尾呼应，气脉贯串。恰如俞陛云《唐五代两宋词选释》所评："'啼鸟'二句回应起笔，词极沉痛。歇拍二句归到送弟，章法完密。"此词写得极为悲愤慷慨，典型地代表了稼轩词的思想特征和艺术风格，因而在词的传播史上知名度极高，词话家几乎众口一词，推之为稼轩词压卷之作。如清人陈廷焯就认为："稼轩词自以《贺新郎》一篇为冠，沉郁苍凉，跳跃动荡，古今无此笔力。"（《白雨斋词话》）但这首词不依常格，全凭连缀典故，以辞赋手段结构成篇，而又居然写得如此成功，究非一般的词人所能措手。所以王国维《人间词话》又评论说："稼轩《贺新郎》词《送茂嘉十二弟》，章法绝妙，且语语有境界，此能品而几于神者。然非有意为之，故后人不能学也。"

永遇乐

戏赋辛字，送茂嘉十二弟赴调[1]。

烈日秋霜[2]，忠肝义胆，千载家谱[3]。得姓何年，细参辛字[4]，一笑君听取：艰辛做就，悲辛滋味，总是辛酸辛苦。更十分、向人辛辣，椒桂捣残堪吐[5]。　　世间应有，芳甘浓美，不到吾家门户。比着儿曹[6]，累累却有[7]，金印光垂组[8]。付君此事[9]，从今直上，休忆对床风雨[10]。但赢得、靴纹绉面[11]，记余戏语。

【注释】

1　茂嘉十二弟：见前《贺新郎》（绿树听鹈鴂）"茂嘉十二弟"注。赴调：指辛茂嘉奉调去桂林做官。

2　"烈日"句：形容刚烈正直，大义凛然，令人敬畏。语本《新唐书·段秀实颜真卿传》："英烈言言，如严霜烈日，可畏而仰哉！"又，苏轼《王元之画像赞》："耿然如秋霜夏日，不可狎玩。"

3　家谱：指辛氏家谱。

4　细参：仔细品味。参，参详。

5　椒桂捣残：语本苏轼《再和曾布从驾诗》："最后数篇君莫厌，捣残椒桂有馀辛。"椒桂，指胡椒、肉桂，

271

均为气味辛辣的药用植物。堪吐：指吃了辛辣的胡椒肉桂就想呕吐。喻指辛家之人刚烈耿直的性格难合别人的口味。

6　比着：比不得。儿曹：孩子们，小儿们。这里是骂人的话，犹如现代汉语说"那些小子"。

7　累累：接连不断。

8　垂：悬挂。组：古时用来系官印的丝绸带子。

9　此事：指辛茂嘉调官桂林一事。

10　对床风雨：唐韦应物《示全真元常》诗有"宁知风雪夜，复此对床眠"之句。据苏辙《逍遥堂诗引》的叙述，苏轼、苏辙兄弟很欣赏这两句诗（苏辙将"风雪"记成了"风雨"），相约早日退隐，夜雨对床而眠，倾诉别情。辛词即借指自己与茂嘉之间的兄弟手足之情。

11　"靴纹"句：据欧阳修《归田录》记载，北宋田元均担任三司使（中央政府主管财政的长官）时，许多权贵家子弟及亲戚朋友经常来找他开后门，托人情。他为人宽厚，虽厌恶这种作风，不从其请，但又只得强装笑容一一打发来人。曾对人说："作三司使数年，强笑多矣，直笑得面似靴皮。"靴皮发绉，有似老年人的脸皮。辛词用这个典故，是预测茂嘉弟将会因官事的折腾而面容过早衰老。

【解读】

此词与上面所选的《贺新郎》写于同一时间，都是辛弃疾送族弟茂嘉赴桂林之任时所作。上一首是联缀有关典故，抒发家国之恨，虽用辞赋古文章法，仍以形象描写为主；本篇却是抓住自己的姓大做文章，大发议论，表明辛氏不同流俗的家世和文化性格特征，有明显的以文为词和以议论为词的倾向。但本篇议论虽多，却饱含情韵，不脱离形象，故同样具有感动人心的艺术魅力。二词各极其妙，都不失为打破常格的成功之作。词的上片借解说辛字表述自己值得骄傲的家世与刚烈耿直的家风。一上来"烈日秋霜，忠肝义胆，千载家谱"十六个大字，便点出了辛氏家族饱经磨练和赤心报国这两大特征。次六句，笔锋轻转，开始就"辛"字做文章。再下来"艰辛"三句，通过阐述辛字在训诂上的引申义（艰辛、劳苦、悲辛等），说明生活在祖国分裂的苦难时代的济南辛氏一家，与苦难的人民和不幸的祖国一起经受了痛苦与悲伤。"更十分"三句意又一转，就辛字的本来含义——"辣"来加以发挥，说明辛家本来的传统是泼辣耿直，特立独行，因而总是使南宋社会那些市侩之辈觉得刺眼和反感。下片头三句又进一层，就辛字的反义词"甘"（芳甘浓美）做文章，说辛家的人既然个性犹如姓氏，不招人爱，那就别想得到"芳甘浓美"了。这是正话反说，正面的意思是：我辛家人不稀罕世人所汲汲以求的荣华富贵那一套东西。接下去的"比着"三句，把对"芳甘浓美"的鄙弃落到实处，表示坚决不学那些投机钻营的幸运小儿，舍弃名节去夤缘官场，求得乌纱与金印。至此，已将一个辛字的内涵、外延、引申义、正面意义及其反义发挥得淋漓尽致，需要转入送别的题面以收束全词，于是有了"付君此事"三句：希望茂嘉安心赴任，去挣自己的前途，不要将兄长挂念。最末三句，是送别时的嘱咐之语，却又重新回到辛字的含义上来，用"戏语"含蓄地劝勉弟弟：此去为官，哪怕经常得罪人，也要保持辛家正直耿介的传统。

五、两浙京口铅山之词（1203—1207）

浣溪沙

常山道中即事[1]

北陇田高踏水频[2]，西溪禾早已尝新[3]，隔墙沽酒煮纤鳞[4]。　忽有微凉何处雨，更无留影霎时云[5]。卖瓜人过竹边村。

【注释】

1　常山：县名，宋属衢州，即今浙江常山县。县境内有常山，山顶有湖，亦曰湖山，为上饶、衢州间往来必经之路，有"岭路"之称。即事：描写眼前景物人事。

2　陇：高地。踏水：用脚踏水车车水灌田。

3　禾早：水稻早熟。尝新：吃新米做的饭。

4　隔墙：指邻家。纤鳞：小鱼。

5　霎时：一眨眼的工夫。

【解读】

宋宁宗嘉泰三年（1203），闲居瓢泉已达九年之久的辛弃疾被朝廷起用为绍兴知府兼浙东安抚使。此词即为这年夏天他赴任途中经过常山时所作。久废复出，此时他的心情当是十分兴奋和开朗的，所以词中着力描写快到收获之时浙江农村繁忙的景象和农民对丰收的喜悦。上片先写田间的繁忙景象和农家的喜悦。首二句进行远镜头的俯拍和对比性的描写：在这片东北高、西南低的土地上，北边高地上的人家尚在汗流浃背地拼命车水灌田，西边低洼之处却早稻初熟，溪水畔的住户已经尝到新米饭了。第三句描写那些尝新米的人家一片欢腾，沽酒烹鱼，忙得不亦乐乎。浓烈的田园生活气息就这样通过作者的笔尖传送出来了。下片写作者行路时所看到的变化多端的山乡景致。首二句以工稳流利的对偶，状写了山中夏日天气在刹那间的变化，惝恍迷离，富于诗意。末句，选取雨后"卖瓜人过竹边村"的情景入词，使这幅夏日田间旅行图更增添了浓郁的生活气息。全篇所呈现的，是一派生机盎然和充满希望的浙西农村风光。

汉宫春

会稽蓬莱阁观雨[1]

秦望山头[2]，看乱云急雨，倒立江湖[3]。不知云者为雨，雨者云乎[4]？长空万里，被西风、变灭须臾[5]。回首听、月明天籁，人间万窍号呼[6]。　　谁向若耶溪上[7]，倩美人西去[8]，麋鹿姑苏[9]？至今故国人望[10]，一舸归欤[11]。岁云暮矣[12]，问何不、鼓瑟吹竽[13]？君不见、王亭谢馆[14]，冷烟寒树啼乌。

【注释】

1　会稽：今浙江绍兴市。蓬莱阁：在会稽卧龙山下，五代吴越王钱镠所建，南宋淳熙元年（1174）其八世孙钱端礼重修。为著名的游览胜地。

2　秦望山：在会稽东南四十里。秦始皇曾登此山以望东海，并令李斯刻石纪念，故后世名之为秦望山。

3　"看乱云"二句：杜甫《太清宫赋》："九天之云下垂，四海之水皆立。"苏轼《有美堂暴雨》诗："天外黑风吹海立，浙东飞雨过江来。"这里化用杜甫、苏轼句子，形容秦望山头乱云翻滚，急雨倾洒，直有江湖倒立之势。

4　"不知"二句：语本《庄子·天运》："云者为雨

乎？雨者为云乎？"形容天空茫茫一片，云雨莫辨。

5　"长空"三句：《维摩诘所说经》："是身如浮云，须臾变灭。"苏轼《念奴娇·中秋》词："凭高眺远，见长空万里，云无留迹。"这里合而化用之，形容顷刻间雨过天晴，长空万里如洗。须臾，片刻，一会儿。

6　"回首"三句：语本《庄子·齐物论》："汝闻人籁而未闻地籁，汝闻地籁而未闻天籁夫？……夫大块噫气，其名为风，是唯无作，作则万窍怒号。"天籁（lài赖），大自然的音响，这里指风声。窍，洞穴。

7　若耶溪：在会稽南二十多里，相传为春秋时越国美人西施浣纱之处，亦名浣纱溪。

8　倩：使。美人：指西施。

9　"麋鹿"句：昔日吴王为西施所筑的姑苏台已成为麋鹿栖息之地。指吴国灭亡。语本《史记·淮南衡山列传》：伍被怅然曰："臣闻子胥谏吴王，吴王不用，乃曰'臣今见麋鹿游姑苏之台也'。臣今亦见宫中生荆棘，露沾衣也。"

10　故国：西施的故乡，指会稽。春秋时越国建都于此。望：盼望。

11　舸：船。欤（yú鱼）：语助词。按，这二句说：直到如今，越人还在盼望范蠡和西施乘船归来。参见前《摸鱼儿·观潮上叶丞相》词"谩教得"三句注。

12　"岁云"句：一年将尽。语本《诗经·小雅·小明》："岁聿云暮。"及杜甫《岁晏行》："岁云暮矣多北风。"云，语助词，无义。

13　鼓瑟吹竽：弹奏乐器取乐。语本《战国策·齐策一》："临淄甚富而实，其民无不吹竽鼓瑟，击筑弹琴，斗鸡走犬，六博蹋踘者。"

14　王亭谢馆：王、谢两家为东晋时豪门贵族，子弟众多，大多住在会稽，"王亭谢馆"泛指他们在会稽的游乐场所。

【解读】

　　这首词为嘉泰三年（1203）秋在绍兴所作。当时作者六十四岁，刚到绍兴知府兼浙东安抚使任上。词为登临会稽蓬莱阁观雨之作，采用常见的上景下情格。上片大笔挥洒，描写会稽秋天一阵暴雨之后，刹那间晴空万里的壮丽景象。首句点明观看这场雨晴变幻的处所——秦始皇登临过的秦望山头。次二句，通过江湖倒立的比喻，展现乱云急雨的滂沱之势。四、五两句，用古文句式的疑问句，写出天空云低雨密，难辨是云是雨的迷茫景象。"长空"三句，陡然收束雨景，写出了西风过处，顿时云散雨止、晴空朗朗的奇幻之状。"回首"三句，顺时叙写月夜到来，风声呼呼，引动人间万籁齐鸣。作者笔下这一雄伟的大自然奇观，引人遐想，令人胸胆开张，显出辛词那种不可一世的雄豪气概。下片怀古抒情，气氛变得凝重而沉郁。首五句为一个层次，借西施的故事，概括春秋时吴越二国的兴亡史。感叹吴国被美人计破灭后姑苏台的一片荒凉，实际上是用历史教训警告南宋统治者：贪图享乐，沉溺于美人歌舞，必然会破家亡国；只有像越国那样，不忘国耻，卧薪尝胆，才能振兴国势，报仇雪恨。"岁云暮矣"三句，转而抒写作者吊古伤今以后产生的悲凉孤独情绪。结尾三句，继以东晋王谢子弟亭馆的荒凉败落景象来讽喻现实，表达对国家前途的忧虑。全篇情调悲郁，吊古完全是为了伤今，充满了忧患意识与时代感，以故明人李濂批点此词说："悲歌慷慨。"

汉宫春

会稽秋风亭怀古[1]

亭上秋风，记去年袅袅[2]，曾到吾庐[3]。山河举目虽异，风景非殊[4]。功成者去[5]，觉团扇、便与人疏[6]。吹不断、斜阳依旧，茫茫禹迹都无[7]。　　千古茂陵词在[8]，甚风流章句，解拟相如[9]。只今木落江冷，眇眇愁余[10]。故人书报："莫因循、忘却莼鲈[11]。"谁念我、新凉灯火，一编太史公书[12]。

【注释】

1 秋风亭：作者在会稽任职时所建造的一座亭子。作者的友人张镃在给作者的和词的题序中说："稼轩帅浙东，作秋风亭成。"

2 "亭上"二句：语本屈原《九歌·湘君》："袅袅兮秋风，洞庭波兮木叶下。"袅袅，微风吹拂的样子。

3 吾庐：指作者在铅山瓢泉的住宅。

4 "山河"二句：见前《水龙吟·甲辰岁寿韩南涧尚书》"新亭"句注。这里借新亭的典故表达自己对北方故土的怀念。

5 "功成"句：语出《战国策·秦策三》："蔡泽谓

应侯曰：'四时之序，成功者去。'"意谓一年四季按次序运行，每一个季节完成了它的使命就自动退去。这里指夏天已经过去。

6　团扇与人疏：《汉书·外戚传》载班婕妤《怨歌行》诗："新裂齐纨素，鲜洁如霜雪。裁为合欢扇，团团似明月。出入君怀袖，动摇微风发。常恐秋节至，凉飙夺炎热。弃捐箧笥中，恩情中道绝。"这里借夏天一过去团扇就被抛弃，喻指君王往往在事业成功后就抛弃功臣。

7　禹迹：大禹在会稽留下的踪迹。《史记·夏本纪》："帝禹东巡狩，至于会稽而崩。"《左传·襄公四年》："茫茫禹迹，画为九州。"按，北宋太祖乾德年间，在会稽山上立禹庙，设专户岁供祭扫。

8　茂陵词：指汉武帝的《秋风辞》。辞中云："秋风起兮白云飞，草木黄落兮雁南归。……箫鼓鸣兮发棹歌，欢乐极兮哀情多。少壮几时兮奈老何。"茂陵，汉武帝的陵墓，在今陕西西安。这里指汉武帝本人。

9　"甚风流"二句：谓汉武帝的《秋风辞》富有文采和韵味，足与司马相如的辞赋比美。甚，真。风流，指富有文采和韵味。解拟，能比拟，比得上。相如，指西汉辞赋家司马相如。

10　"眇眇"句：语本屈原《九歌·湘夫人》："帝子降兮北渚，目眇眇兮愁予。"眇眇，远望而看不见的样子。余，我。

11　因循：蹉跎，延误。莼鲈：用西晋张翰在洛阳见秋风起而思吴中莼菜鲈鱼、因而弃官回乡事。参见前《水龙吟·登建康赏心亭》"休说"三句注。

12　一编：一部。太史公书：指司马迁的《史记》。

　　此词也是嘉泰三年（1203）秋在绍兴所作。全篇紧扣秋风着笔，层层铺叙，以此寄寓系念家国兴亡的政治怀抱和深沉的身世之感。上片，因秋风而生悲，想念江西居所和北方失地，感叹国家命运的衰微。首三句，因袅袅的秋风而思念起铅山瓢泉的居所。接下来"山河"二句，用新亭对泣之典，深切地怀念起北方故土——作者家乡的所在地。"功成"二句语意一转，用夏天一过去团扇就被抛弃的语典，暗讽南宋朝廷放弃抗战路线后就极力排斥抗战派人士的做法。"吹不断"三句，即景怀古，实乃伤今。说秋风吹个不停，斜阳与往古一样，可英雄大禹的遗迹已渺茫不可寻。言外之意是：南宋无英雄，抗金北伐、统一中国的大业十分渺茫了。下片写作者在这样一种形势下十分孤独和矛盾的心情。过片三句，由秋风而联系到《秋风辞》，缅怀它的作者汉武帝。就字面上来说，赞扬汉武帝的《秋风辞》是扣合"秋风亭"的题面；但实质上是称赞这位风流多才的古代帝王为中国的强盛和大一统所作出的贡献，以此来反衬现实，暗示对屈辱苟安的当代统治者的不满。"只今"二句，再以空落寂寥的秋景来象征当代无人，并抒发自己的愁绪。"故人"句至结尾，反映作者的矛盾心情：一方面因对现状的失望而萌生重新退隐的念头，另一方面却又不能忘怀政治时事，时刻思考着国家的命运和前途——在凄清的秋夜里，他兴致勃勃地挑灯研读记载着中国几千年兴衰治乱史的《史记》。由此可见作者六十四岁高龄仍壮心不已，不甘隐退，还想为国家规划中兴蓝图。作者的这种高尚情怀，感动了当时许多文人士大夫。此词出来后，姜夔、张镃、丘崈等人纷纷写了和词，其中张镃的和词赞扬稼轩道："江南久无豪气，看规恢意概，当代谁如？乾坤尽归妙用，何处非余！"

生查子

题京口郡治尘表亭¹

悠悠万世功²，矻矻当年苦³。鱼自入深渊，
人自居平土⁴。　　红日又西沉，白浪长东去。
不是望金山⁵，我自思量禹。

【注释】

1 京口：即今江苏镇江市，宋为镇江府。郡治：即
府治（郡与府同），指镇江府官署所在地。尘表亭：镇江
亭名。据《北固山志》卷二《建置郡守宅》记载，宋镇江
知府住宅在京口城北长江边北固山峰腰；尘表亭则在城楼
北隅，为北宋元祐年间郡守林希所建。原名婆罗亭，后南
宋庆元年间陈居仁守镇江时改名尘表亭。

2 悠悠：久远。

3 矻（kū 枯）矻：努力、勤劳的样子。

4 “鱼自”二句：意谓大禹治水后，鱼儿自由自在
地游入深水中，人类得以在平地上安居乐业。这二句化用
《老子》：“鱼不可脱于渊。”及《孟子·滕文公下》：“当
尧之时，水逆行，泛滥于中国……使禹治之，禹掘地而注
之海，驱蛇龙而放之菹（沼泽）……险阻既远，鸟兽之害
人者消，然后人得平土而居之。”深渊，深水。平

土，平地。

5　金山：在镇江城西北长江中。《舆地纪胜》卷七《镇江府景物》："金山，在江中，去城七里。旧名浮玉，唐李锜镇润州，表名金山。因裴头陀开山得金，故名。"

【解读】

宋宁宗嘉泰四年（1204）春至开禧元年（1205）夏，辛弃疾任镇江知府。此词即作于镇江任上。全篇通过对远古治水英雄大禹的歌颂和怀念，表达了作者自己拯救祖国的宏大政治抱负。上片满怀热情地追忆和颂扬大禹的历史功绩。首二句评赞说，大禹治水，使神州大地免于陆沉，这是万代不朽之功；尤其值得颂扬的，是他为救国救民而不辞劳苦的精神。三、四两句，形象地描写大禹为子孙万代带来了平安幸福的日子。下片对景思人，借以倾诉自己的政治情怀。前二句状眼前之景，境界阔大壮丽且富于象征意义，意谓日月升沉，岁月如流，伟人虽逝，功绩长存。结尾的"我自思量禹"一句，言简而意深。当时作者正积极准备参加朝廷筹措中的开禧北伐，但又看到了北伐的主持者韩侂胄等人好大喜功而缺乏实际政治军事才能的致命弱点，对局势心存忧虑。望金山而思大禹，就是把拯救中原沦陷区苦难同胞比拟为大禹的治水救民，热切盼望有个大禹式的英雄出来领导恢复中原、振兴神州的事业。全篇不仅闪烁着炽烈的爱国主义光辉，而且从艺术表现上来看，也有视点高远、境界雄阔、造语豪壮和涵意深沉等诸多优点，是辛弃疾的政治抒情小令中思想性与艺术性俱佳的杰作。

南乡子

登京口北固亭有怀[1]

何处望神州[2]？满眼风光北固楼。千古兴亡多少事？悠悠[3]，不尽长江滚滚流[4]。　　年少万兜鍪[5]，坐断东南战未休[6]。天下英雄谁敌手？曹刘[7]。生子当如孙仲谋[8]。

【注释】

1　京口：今江苏镇江。北固亭：亦名北固楼，在镇江东北长江南岸的北固山上，为东晋时蔡谟所建。是镇江著名的游览胜地。

2　神州：本指全中国，这里特指被金人占领的中原地区。

3　悠悠：连绵不断的样子。

4　"不尽"句：化用杜甫《登高》诗："不尽长江滚滚来。"又，苏轼《次韵前篇》诗："长江滚滚空自流。"

5　年少：指三国吴大帝孙权，他继承父兄大业为吴主时只有十九岁。万兜鍪（móu 谋）：是说孙权统率千军万马。兜鍪，武士的头盔，这里代指士兵。

6　"坐断"句：指孙权据守东南地区，不断地与敌人作战。坐断，据守，占据。

7 "天下"二句：是说天下英雄只有曹操和刘备才是孙权的对手。据《三国志·蜀书·先主传》记载，曹操曾对刘备说："今天下英雄，惟使君（刘备）与操耳。"谁敌手，有谁称得上是对手。

8 "生子"句：据《三国志·吴书·吴主传》裴松之注，一次曹操与孙权对阵打仗，见孙权军伍整肃，气势雄壮，忍不住赞叹说："生子当如孙仲谋，刘景升（刘表）儿子若豚犬耳！"仲谋，孙权的字。

【解读】

这首词为嘉泰四年（1204）作者在镇江知府任上所作。词以凭吊历史上的英雄人物来讽刺南宋当权者，写得极为简洁明快，并巧用古语来恰切地表现了主题。作者之所以选取曾在京口大有作为的三国英雄孙权来大力颂扬，主要原因在于：孙权与不战而降的刘表之子刘琮等人不同，他敢与北方强敌曹操争锋，多次抵御并战胜南侵之敌。这样寓意明显的怀古之作，其矛头所向显然是针对一贯软弱偷安的南宋统治集团。全篇章法奇特，设三问，作三答，以问答来层层推进地凸显主题：第一组问答，点出产生怀古伤今之情的特定环境；第二组问答，引出深沉浩茫的历史感与现实感；最后一组问答，直接用古人成句来赞扬凭吊对象，揭示本篇借古讽今的题旨。最耐人寻味的是，结尾的句子只用了曹操原话的上半句"生子当如孙仲谋"，却将下半句"刘景升儿子若豚犬耳"留给读者去接续，去联想，去品味。当今之世谁是"刘景升儿子"？词人不明说，也不必说，这种类似于歇后语的表达方式自会引导人去作出应有的判断。此词用典虽多，却不是为了矜奇炫博，而是为了表现主题的需要而选取切时切事、切情切景的事典语典编织入词，因而全篇抒情造境显得既古朴凝重，委婉含蓄，又十分流利畅达，意旨显豁。

永遇乐

京口北固亭怀古[1]

千古江山，英雄无觅，孙仲谋处[2]。舞榭歌台，风流总被，雨打风吹去[3]。斜阳草树，寻常巷陌[4]，人道寄奴曾住[5]。想当年，金戈铁马，气吞万里如虎[6]。　　元嘉草草[7]，封狼居胥[8]，赢得仓皇北顾[9]。四十三年[10]，望中犹记，烽火扬州路[11]。可堪回首[12]，佛狸祠下[13]，一片神鸦社鼓[14]。凭谁问：廉颇老矣，尚能饭否[15]？

【注释】

1　京口北固亭：见前《南乡子·登京口北固亭有怀》注1。

2　孙仲谋：孙权（182—252），字仲谋，三国吴的开国皇帝。镇江是吴国对抗魏国的战略要地，孙权曾经常来此。

3　风流：指孙权的英雄业绩和流风馀韵。

4　"寻常"句：普通的街巷。

5　寄奴曾住：南朝宋开国皇帝刘裕小字寄奴，他家自其高祖随晋南渡，即侨居于镇江。他自己出生成长于镇江，后来又从这里起事，终于成就大业，代晋称帝。

6 "想当年"三句：这是颂扬刘裕北伐的武功。金戈铁马，形容刘裕的军队兵强马壮。气吞万里，指刘裕两次北伐中原，驰骋于万里之地，灭南燕、后秦，收复洛阳、长安。

7 元嘉：南朝宋文帝刘义隆的年号。草草：匆忙，仓促。

8 "封狼"句：汉武帝元狩四年（前119），大将霍去病率五万骑兵远征匈奴，歼敌七万馀人，封狼居胥山（在今内蒙古自治区五原县西北）而还。后用"封狼居胥"代指北伐立功。据《宋书·王玄谟传》，元嘉年间，王玄谟屡次向宋文帝陈说讨伐北魏之策，宋文帝被说动了，对人说："闻王玄谟陈说，使人有封狼居胥意。"

9 仓皇北顾：元嘉二十七年（450），刘宋大将王玄谟北伐失败，北魏军队乘胜追到长江北岸，声称要渡江。宋都建康（今南京市）震恐，宋文帝登烽火楼北望，对轻率北伐表示后悔。以上三句引元嘉北伐事，是影射宋孝宗隆兴元年（1163）张浚仓促北伐失败之事，并告诫韩侂胄等当权派不要仓促北伐，以免蹈元嘉覆辙。

10 "四十"句：自张浚隆兴北伐失败至稼轩作此词时，恰好四十三年（1163—1205）。

11 "烽火"句：指隆兴北伐失败后金兵乘机渡过淮河，攻陷濠州、滁州而至扬州事。

12 可堪：哪堪，岂堪。

13 佛狸祠：北魏太武帝拓跋焘（小字佛狸）击败王

玄谟北伐军，统率追兵到达长江北岸瓜步山（在今江苏六合县境），在山上建立行宫。后世改建为祠，称佛狸祠。

14　神鸦：栖息在祠庙里啄食祭品的乌鸦。社鼓：民间祭祀土地神时的乐鼓声。

15　"廉颇"二句：战国时赵国大将廉颇，年老后尚能一餐吃一斗米的饭、十斤肉，还能饭后披甲上马。见《史记·廉颇蔺相如列传》。这里用以表示自己虽然老了，但仍像廉颇一样有雄心和胆力，可惜已经不被重视。

【解读】

这首政治抒情词写于宋宁宗开禧元年（1205），作者时年六十六岁，尚在镇江知府任上。此时南宋朝廷里，正紧锣密鼓地准备北伐。主持其事的宰相韩侂胄，寡谋躁进，急于立盖世功勋以巩固自己的权位，不待条件成熟，就要命将出师。消息传到镇江，辛弃疾感慨良多，心情十分矛盾和复杂。这首词，就是通过怀古来表达自己既积极支持和参与抗金北伐，同时又坚决反对轻率冒进的正确战略思想的。词的上片，先写镇江这座名城的风光和历史人物。写孙权的流风馀韵已不可寻觅，是叹息当时已经没有杰出人物可以抵抗外侮，担负起国家兴亡的重任。赞扬刘裕的金戈铁马，则是向往古代北伐成功者的声威，以见自己参与抗金心情之迫切。下片转而陈述历史上轻敌误国的教训，实际上是用艺术描写的方式向头脑发热的当权者进谏。一开头六句，痛陈南北朝时"元嘉草草"北伐失败的往事，既是影射四十三年前隆兴北伐的惨败，又是忧虑即将开始的开禧北伐重蹈前代的覆辙。"可堪回首"以下，由怀古折入伤今，对敌寇猖獗、国家南北分裂的既成局面无比痛愤。结尾三句用廉颇事，以问句表达了烈士暮年、壮心不已的忠愤情怀。此词通篇用典，以至当作者拿它出来令岳飞的孙子岳珂挑毛病时，岳珂也委婉地说："新作微觉用事多耳。"（《桯史》）不过从总体上来看，这些典故都是经过精心选择的。它们切情切景，切时切事，十分贴切地表达了作者的现实政治情感。用典虽多，不足为病。全词语言极为精炼，概括力强，风格沉雄豪放而又悲慨苍凉，是辛弃疾这位英雄词人的重要代表作。明人杨慎甚至认为："辛词当以《京口北固亭怀古·永遇乐》为第一。"（《词品》）

瑞鹧鸪

乙丑奉祠归[1]，舟次馀干赋[2]。

江头日日打头风[3]，憔悴归来邴曼容[4]。郑贾正应求死鼠[5]，叶公岂是好真龙[6]？　　孰居无事陪犀首[7]，未办求封遇万松[8]。却笑千年曹孟德，梦中相对也龙钟[9]。

【注释】

1　乙丑：即开禧元年（1205）。奉祠归：这年三月，朝廷以辛弃疾荐人不当为由，将他降两职。六月，改差知隆兴府。人未动身，朝廷又撤回新命，另授予一个"提举冲祐观"的空衔，实际上是将他罢官遣返。奉祠归，指得到提举宫观的空衔后回江西铅山瓢泉隐居。

2　舟次：船只停泊。馀干：县名，今属江西。

3　打头风：逆风。俗称"顶头风"。

4　邴（bǐng 丙）曼容：西汉时人。《汉书·两龚传》说他："养志自修，为官不肯过六百石，辄自免去。"这里作者以邴曼容自比。

5　郑贾求死鼠：郑贾为先秦寓言中的人物。据《战国策·秦策三》：郑人称未经雕琢的玉为"璞"，周人称宰杀了但未经腊干的鼠为"朴"。周人怀朴到郑贾处，问要不要买朴，郑贾说"要"。不料周人"出其朴，视之，乃鼠也。"郑贾见是活鼠而不是朴，就不买了。作者用这个寓言，意在讽刺南宋朝廷但求抗金的空名，不务抗金之实。

6　叶公好龙：汉刘向《新序·杂事》："叶公子高好龙，雕文画之，于是天龙闻而示之，窥头于牖，施尾于堂，叶公见之，五色无主。是叶公非好龙也，好其似龙非龙也。"作者用这个寓言，也是讽刺南宋统治者好空名而不务实。

7　"孰居"句：《庄子·天运》："孰居无事，推而行是？"《史记·张仪列传》所附《犀首传》："犀首者，魏之阴晋人也。名衍，姓公孙氏。"又该书《陈轸传》："陈轸使于秦，过梁欲见犀首……犀首见之，陈轸曰：'公何好饮也？'犀首曰：'无事也。'"这里化用《庄子》和《史记》语，是说自己今后没什么事可做了，只有像犀首那样成天饮酒。孰，谁。

8　"未办"句：意谓这辈子未曾取得封侯之赏，只好到山林里去接纳万松为友了。

9　"却笑"二句：意谓曹操所作《龟虽寿》中虽有"烈士暮年，壮心不已"的豪语，但我与他梦中相遇，发觉他也和我一样，已是老态龙钟的衰翁了。孟德，曹操的字。

【解读】

这首词是开禧元年（1205）秋天作者自镇江罢官西归途中所作。这是他人生道路上的第三次、也是最后一次罢官归隐，心情之抑郁悲愤可想而知。词为停船于馀干时所作，这里离他任职之地镇江已经很远，而离其故居瓢泉——也就是他生命的归宿点已经很近，因此词中伤时怨世之感十分强烈，并充满了老境颓唐的悲哀。《瑞鹧鸪》这个词调，其字数、句数、平仄和押韵等要求与七言律诗一个样，所不同的仅仅是从中间剖分为上下两片。本篇即像是一首七律。首联破题，自述从水路而归及归途中的心态。出句状水路之艰险，兼以"日日打头风"比喻自己在政坛遇到的一连串打击；对句以深谙进退出处之道的汉代高士邴曼容自况，兼取其辞官为"养志自修"之意。次联用典故讽刺时政，将朝廷对抗战派（包括作者）的排斥打击比喻为郑贾弃活鼠和叶公怕真龙，可谓切中时弊，入木三分。第三联，预想自己此后与山林诗酒为伴的暮年生涯，语调十分悲凉。尾联引曹操以自嘲，见出内心的愤懑与感伤，含不尽之意于言外。全词连缀典故，以律诗的抒情方式结构成篇，真实而生动地剖露了作者作为一位失路英雄暮年的心路历程。